La Vraie Loi, trésor de l'Œil

Dôgen

La Vraie Loi, trésor de l'Œil

Textes choisis du *Shôbôgenzô*

Présentation, choix des textes,
traduction et notes par Yoko Orimo

Éditions du Seuil

COLLECTION DIRIGÉE

PAR VINCENT BARDET ET JEAN-LOUIS SCHLEGEL

ISBN 2-02-060150-8

www.seuil.com

Avertissement

La transcription des termes et des noms japonais se conforme au système Hepburn modifié. Les noms chinois sont transcrits selon la prononciation japonaise. La prononciation chinoise est indiquée entre parenthèses.

Pour la traduction de textes choisis de *La Vraie Loi, trésor de l'Œil* [*Shôbôgenzô*], nous avons utilisé l'édition revue et corrigée par M. Dôshû Ôkubo : *Dôgen zenji zenshû* (*Les Œuvres complètes du maître Dôgen*), Tôkyô, Chikuma, 1969-1970.

Nous avons respecté autant que possible le principe de traduction d'un mot sino-japonais par un mot français. Lorsque, exceptionnellement, il nous a été impossible de respecter ce principe, les variantes de traduction sont signalées.

Les dates et les années sont mentionnées selon le calendrier lunaire. L'âge de Dôgen est indiqué non pas selon l'ancienne manière japonaise de compter – suivant laquelle le nouveau-né est âgé d'un an –, mais selon la manière actuelle, occidentale.

L'abréviation T. N. renvoie à l'édition japonaise du canon bouddhique chinois, révisée à l'ère Taishô (1924) : le *Taishô shinshû daizôkyô*, suivie du tome et du numéro de classement. L'abréviation *I. C.* renvoie à *L'Inde classique*, réimprimé à Paris, École française d'Extrême-Orient, 2001. Le signe <s>

précède les termes originaux en sanscrit. L'astérisque signale la première apparition des termes repris dans le glossaire. Les mots de traduction entre parenthèses indiquent l'ellipse dans le texte original en japonais.

Remerciements

Nous exprimons notre vive et profonde gratitude à monsieur Vincent Bardet, directeur de la collection « Points Sagesses » des Éditions du Seuil, pour son soutien et ses conseils.

Nous remercions mademoiselle Mireille Beaup, agrégée et docteur ès lettres, pour ses encouragements.

Introduction

Shôbôgenzô (*La Vraie Loi, trésor de l'Œil*) est l'œuvre majeure de Dôgen (1200-1253), le fondateur de l'école Sôtô du Zen au Japon. Ce grand monument de la pensée japonaise consiste en un long recueil de quatre-vingt-douze ou quatre-vingt-quinze textes (selon l'édition) dans lesquels Dôgen aborde les sujets les plus variés de la pratique religieuse. Ouvrage à multiples facettes, *La Vraie Loi, trésor de l'Œil*, comme peut le suggérer son titre, oblige le lecteur à ouvrir l'œil pour suivre du regard, d'un texte à l'autre, le jaillissement prismatique d'une réflexion aussi riche que complexe. Dans cet ensemble bigarré d'écrits poétiques, philosophiques et de règles pour la vie monacale que constitue le *Trésor*, les textes s'enchaînent dans un désordre apparent, ou un ordre voilé, souterrain, en tout cas selon une orchestration décidée par l'auteur, mais dont on peut difficilement espérer, au premier regard, percevoir la logique.

La pensée de Dôgen s'enroule néanmoins autour de quelques idées phares : la pratique épurée de la méditation assise, l'étude assidue des textes bouddhiques, la vénération des pratiques rituelles, le non-dualisme de l'Éveil et de l'égarement, la Nature et le symbolisme du livre, etc. Ces idées phares, malgré le caractère composite du *Trésor*, ne font pas que s'agglomérer au hasard d'une compilation désordonnée (désordre qui serait celui de la compilation d'origine, dont Dôgen est lui-même l'artisan), mais renvoient l'une à l'autre de façon dynamique. Il y a une cohérence dans cette œuvre, sans doute étrangère aux critères occidentaux, et qui l'apparente plutôt, paradoxalement et à première vue du moins, à un *patchwork*. Dans cette petite centaine de textes où les mêmes thèmes reviennent, simplement supposés ou relevés, déviés, transformés, consciemment et volontairement « triturés », Dôgen tisse au fil de son écriture un ouvrage qui défie tout plan de représentation.

Le *Trésor* reste une œuvre difficile et surprenante à maints égards, par son style très dense, mais aussi par son choix de langage. Il faut en effet savoir qu'au Japon, au moment où Dôgen rédige son *Trésor*, le chinois est la langue « savante » et officielle du pays, comme peut l'être le latin en Europe médiévale. Mais Dôgen innove et choisit plutôt la langue vernaculaire pour écrire son œuvre. Ce sera ainsi un des premiers ouvrages savants rédigés en japonais. À le lire dans le texte original, on est d'ailleurs frappé par l'énergique travail de langage auquel s'y trouve pliée la langue japonaise. Dôgen sculpte ses phrases dans un étrange amalgame d'archaïsmes et de néologismes, jouant pleinement sur le jeu des métaphores et sur les subtiles évocations croisées que permettent les idéogrammes sino-japonais. Ce travail de langage, Dôgen l'exerce aussi, d'une autre manière, sur les très nombreuses sources qu'il emprunte aux différentes traditions bouddhistes. La plupart du temps, sous sa main, elles subissent des transformations plus ou moins importantes où le sens d'origine est sciemment dévié, déjoué, voire inversé. Tout se passe comme si, avec la méditation assise [zazen], cette activité intense de transformation, de trituration, d'inversion, de subversion du sens – ou *des* sens – participait pour Dôgen à une seule et même pratique du Zen – la pratique se concentrant ici dans l'écriture.

1. La vie de Dôgen

C'est au début de l'époque Kamakura (1185-1333) que naît Dôgen, à Kyôto, au premier mois de la deuxième année de l'ère Shôji (1200), dans un contexte religieux et socio-politique marqué par de profondes mutations. Contrairement à l'époque Heian (794-1184), couronnée par l'épanouissement de la grande littérature féminine avec son goût de la grâce, du raffinement et de l'élégance courtisane, l'époque Kamakura, guerrière, se caractérise plutôt par une mentalité virile encourageant la simplicité et la frugalité. Portées par ce nouvel état d'esprit, la littérature et la religion bouddhiques connaîtront alors une véritable renaissance. Jusque-là monopolisé par les classes sociales privilégiées, le bouddhisme commence en effet à se diffuser et à connaître un réel engouement auprès des masses populaires. De ce mouvement de fond jailliront également les trois grandes figures réformatrices du bouddhisme japonais que sont Shinran (1173-1262) le fondateur du bouddhisme séculier au Japon, Dôgen (1200-1253) et Nichiren (1222-1282) le fondateur de l'école militante Nichiren-shû. Même si aucun document ne permet de supposer l'existence de contacts directs entre ces grands réformateurs, il est aisé de trouver un trait commun à leur doctrine. Au lieu de privilégier, à l'instar des maîtres de l'époque Heian, les études théoriques, voire scolastiques, des textes bouddhiques de la tradition pour les fins d'un salut lointain, les trois réformateurs insistent désormais sur l'importance d'une pratique active du bouddhisme et sur la possibilité, pour l'homme, de connaître son salut dès cette vie. L'originalité et la grande popularité de ces doctrines permettront au bouddhisme japonais d'atteindre, à l'époque Kamakura, son véritable apogée.

Par sa naissance, Dôgen appartient à la grande aristocratie du Japon médiéval. Il eut pour père un tiers ministre, Koga Michichika (mort en 1202), et pour mère, une fille du régent Matsudono Motofusa, Ishi (morte en 1207). C'est sa mère qui, au moment où elle allait mourir (laissant son fils orphelin à l'âge de sept ans), lui aurait inspiré le désir de se faire moine. C'est ainsi que cinq ans plus tard, renonçant aux grands projets que son père adoptif avait conçus pour lui, il va profiter d'une nuit de printemps de la deuxième année de l'ère Kenreki (1212) pour s'enfuir chez son oncle maternel Ryôkan Hôgen, à qui il demandera de l'introduire au monastère Enryaku-ji (situé sur le mont Hi.ei au nord-est de la capitale Kyôto). Le monastère Enryaku-ji jouissait à cette époque d'une grande renommée. C'était le siège principal de l'école japonaise Tendai fondée par Saichô (767-822) au début du IXe siècle, et le haut lieu des études bouddhiques au Japon. Toutes les grandes figures du bouddhisme japonais (dont Shinran et Nichiren) y ont fait leurs premières études. Sur les conseils de Ryôkan, Dôgen choisit finalement d'intégrer le pavillon Senkôbô de Yokawa, dans la région de Han.nyadai.

Au quatrième mois de la première année Kenpô (1213), il reçoit la tonsure de la main de Kôen, supérieur du mont Hi.ei, puis le commandement de l'être d'Éveil dans le pavillon d'ordination Kaidan.in. Si l'on se fie à ce que rapporte le *Kenzei ki* (*La Chronique de Kenzei*), Dôgen partira un an plus tard pour le Ken.nin-ji, un monastère fondé par Yôsai (1141-1215) en 1202, où il entendra pour la première fois l'enseignement Zen de l'école Rinzai (Linji) de la bouche même de ce maître. Au printemps de la cinquième année de l'ère Kenpô (1217) – ou de la deuxième année de la même ère (1214) –, Dôgen fait l'expérience de son « grand doute ». Ce fameux grand doute, sur lequel il reviendra plus tard dans ses écrits, résulte de la doctrine de l'éveil foncier [*hongaku*] propre à l'école japonaise Tendai. « S'il est dit dans les écritures, se demande le jeune Dôgen, que tous les êtres sont originellement munis de la nature de l'Éveillé, pourquoi faut-il se faire moine et s'adonner à la pratique pour devenir éveillé ? » L'expérience de ce grand doute va inciter le jeune Dôgen à quitter le mont Hi.ei pour rejoindre, en 1217, le maître Myôzen (1184-1225), qui venait de remplacer Yôsai, décédé entre-temps, à la tête du monastère Ken.nin-ji. C'est avec Myôzen et deux autres moines qu'au troisième mois de la deuxième année de l'ère Teiô (1223), Dôgen entreprend son voyage en direction de la Chine. Au début du quatrième mois, ils atteignent les rives de Minshû (Ningbo), dans la province de Keigenfu (Zhejiang), alors gouvernée par la dynastie des Song. Mais pour des raisons administratives, Dôgen devra rester à bord du bateau quelque temps. C'est à ce moment qu'il fait la connaissance d'un vieux moine cuisinier du mont Aikuô (Ayuwang), qui est venu sur le bateau s'approvisionner en champignons japonais pour préparer une soupe à ses convives. Cet épisode marque profondément Dôgen qui, en jeune intellectuel impatient d'acquérir la connaissance de la pensée bouddhique, s'étonne devant l'apparente désinvolture du vieux moine. « Pourquoi un bouddhiste de votre rang, lui aurait-il demandé, s'occupe-t-il de la cuisine au lieu de s'adonner à l'enseignement de l'Éveillé ? » C'est bien plus tard que Dôgen comprendra l'importance d'harmoniser, à l'exemple de ce moine cuisinier, les gestes de la vie courante avec la pensée, le quotidien avec l'absolu. En 1237, à la mémoire de cette rencontre, il rédigera son célèbre fascicule *Tenzo kyôkun* (*L'Enseignement aux moines cuisiniers zen*).

À son arrivée définitive en Chine, au septième mois de la

deuxième année de l'ère Teiô (1223), Dôgen est accueilli au monastère du mont Tendô (Tiantongshan), où il fait la rencontre de l'abbé Musai Ryôha (Wujiliao Pai) de l'école Rinzai (Linji). Mais ce premier contact avec l'école Zen (Chan) chinoise s'avérera pour lui décevant. En hiver de la première année de l'ère Gen.nin (1224), il se résout donc à quitter le mont Tendô pour visiter les autres monastères chinois de la province. Au cinquième mois de la première année de l'ère Karoku (1225) – la première année de l'ère Hôkyô (Baoqing) en Chine –, après plusieurs mois de vaines pérégrinations, il retourne finalement au monastère du mont Tendô, où l'attendait une agréable surprise. Le maître Nyojô (Rujing, 1163-1228), de l'école Sôtô (Caodong), venait en effet de s'y installer comme nouvel abbé. C'est alors que se produit l'« Événement » : « Voir ce maître (Nyojô) face à face, écrira Dôgen plus tard, c'est précisément rencontrer l'homme. » L'entente entre les deux hommes est totale dès leur premier entretien. Le maître remarque immédiatement l'exceptionnelle qualité de son nouveau disciple, de même que ce dernier découvre en Nyojô le maître de sa vie. C'est à cette époque, auprès de Nyojô, que Dôgen s'engage résolument dans l'étude du Zen – de la tradition Sôtô –, et dès l'été de la première année de l'ère Karoku (1225), il réalise l'Éveil au cours d'une retraite. Peu après, le 18 du neuvième mois de la même année, Nyojô lui transmet le « commandement de l'être d'Éveil transmis avec justesse par les patriarches de l'Éveillé » [*Busso shôden bosatsu kai*].

Au huitième mois de la première année de l'ère Antei (1227), Dôgen retourne au Japon avec la lourde responsabilité d'y fonder à son tour un lieu d'Éveil [*dôjô*, <s>*bodhimanda*] dans la ligné de l'école Sôtô. Tâche dont il s'acquitte en menant d'abord, bien malgré lui et pendant quelques années, comme il le dira lui-même, « une vie errante tout comme les nuages éphémères et les herbes flottantes ». C'est au cours de ces années, et plus précisément au début de la deuxième année de l'ère Antei (1228), qu'il retourne au monastère Ken.nin-ji du mont Hi.ei. Mais deux années plus tard, sous la pression des autres moines, il est contraint de partir. Il ira alors s'installer au temple Anyô.in à Fukakusa (banlieue sud de Kyôto). Cinq ans après son retour en terre natale, Dôgen réussit finalement, au cours de la première année de l'ère Tenpuku (1233), à fonder à Fukakusa son premier monastère, le Kan.nondôri kôshôhôrin-ji (Kôshô-ji). C'est à partir de cette époque qu'il s'engage à fond dans la rédaction de *Shôbôgenzô* (*La Vraie Loi, trésor de l'Œil*). Pendant l'hiver suivant, Ejô (1198-1280), qui jusque-là comptait au nombre des disciples du maître Kakuan et qui allait bientôt jouer un rôle important dans la compilation du *Trésor*, rejoint Dôgen au Kôshô-ji afin de devenir son disciple. Deux ans plus tard, en 1236, Dôgen le nomme à la fonction de recteur [*shuza*] du monastère. Ejô, de deux ans plus âgé que son nouveau maître, lui témoignera toujours une grande fidélité. Au printemps de la deuxième année de l'ère Ninji (1241), plusieurs anciens condisciples d'Ejô (tels qu'Ekan, Gikai, Gi.in, Gi.en et Gi.un) qui, comme lui autrefois, étudiaient la doctrine du Darumashû auprès de Kakuan, vont suivre son exemple et joindre les rangs des disciples de Dôgen. L'arrivée de ces nouveaux disciples va permettre au monastère Kôshô-ji de se consolider, tandis que la réputation et l'influence du maître Dôgen ne cesseront de s'accroître dans la capitale.

Pour des raisons encore inconnues, Dôgen quittera soudainement Kyôto au septième mois de la première année de l'ère Kangen (1243) afin de s'installer définitivement dans la lointaine province d'Echizen (actuelle préfecture de Fukui) enfouie au sein des montagnes. C'est là, sur le domaine d'un de ses disciples laïcs, Hatano Yoshishige, que Dôgen fonde au septième mois de la deuxième année de l'ère Kangen (1244) son second monastère, le Daibutsu-ji (temple du grand Éveillé). Celui-ci, qu'on renommera Eihei-ji (temple de la Paix éternelle) au sixième mois de la quatrième année de l'ère Kangen (1246), deviendra le quartier général de l'école Sôtô au Japon. À partir de cette époque, Dôgen consacre tous ses efforts à la consolidation du nouveau monastère. Toutefois, au huitième mois de la première année de l'ère Hôji (1247), sur la demande du shôgun Tokiyori, il est contraint de se rendre à Kamakura. Après un séjour de quelques mois dans cette ville, il pourra finalement retourner au temple de la Paix éternelle, au troisième mois de la deuxième année de l'ère Hôji (1248). C'est avec un sentiment d'amour profond qu'il retrouve les montages d'Echizen, au point que l'année suivante, il déclare qu'il ne quittera plus le monastère Eihei-ji.

Les premiers symptômes de la maladie qui va l'emporter se manifestent au cours de l'été de la quatrième année de l'ère Kenchô (1252). L'année suivante, le 6 du premier mois de la cinquième année de l'ère Kenchô (1253), Dôgen rédige les « Huit préceptes de l'homme éveillé » [*Hachi dainingaku*] – ce sera le dernier texte de *La Vraie Loi, trésor de l'Œil* [*Shôbôgenzô*] –, et il avoue à Ejô son désir de compiler à nouveau, à sa guérison, le recueil qui devait comporter cent textes au total. Le 14 du septième mois, sa maladie continuant de s'aggraver, il décide de léguer le temple de la Paix éternelle à Ejô. Le 5 du huitième mois, à la demande de Hatano Yoshishige, Dôgen quitte les montages et se rend à Kyôto pour se faire soigner. Le 15 du huitième mois, il compose son poème d'adieu : « Même dans cet automne que j'ai tant désiré voir, la clarté de la lune de cette nuit-ci me prive du sommeil. » Il passe ses derniers jours dans la résidence particulière de son disciple laïc Kakunen, et en signe de reconnaissance envers son hôte, il grave sur un des piliers de la résidence l'enseigne suivante : « L'ermitage du Soutra de la Sublime Loi du Lotus » [*Myôhôrengekyô an*]. Le 28 du huitième mois de la cinquième année de l'ère Kenchô (1253), à l'heure du tigre (vers 4 heures du matin), Dôgen s'éteint à l'âge de 53 ans, laissant son maître-ouvrage, *La Vraie Loi, trésor de l'Œil* [*Shôbôgenzô*], inachevé.

2. Comment lire *La Vraie Loi, trésor de l'Œil* [*Shôbôgenzô*] ?

Le terme original *Shôbôgenzô* est traditionnellement reçu comme substance non divisible, presque non interprétable. Pour notre part, nous pensons légitime d'établir un rapport syntaxique de sujet (*shôbô*)/prédicat (*genzô*) avec le copule « être » au milieu : « La vraie Loi [*shôbô*] est le trésor de l'Œil [*genzô*] ». La vraie Loi, ce qui est impérissable, immuable, invisible en soi, demeure en ce qui est périssable : l'Œil, la chair, l'organe de la perception. Or, l'Œil est du domaine du paraître, et le paraître appartient au Présent. C'est de l'Œil à l'Œil que, selon Dôgen, s'opèrent non seulement la transmission de la vraie Loi, mais aussi la génération, c'est-à-dire la naissance des moines en peau, en chair, en os et en moelle, moines dont le principe d'être consiste au renoncement à la chair. Le substantif « Œil » suggère aussi un double sens. Il s'agit aussi bien de l'Œil naturel que de l'Œil en tant qu'essence de l'enseignement, centre du regard ou point capital de la transmission : Œil de la vraie Loi.

Nul ne contesterait que ce soit la méditation assise [*Zazen*] qui est au centre (l'Œil) de l'enseignement de Dôgen. Et pourtant, dans le *Trésor*, il ne sera jamais question de ce qui fait le « contenu » de cette méditation assise sinon de l'attitude ou de la manière d'être lorsqu'on s'assoit sur le long plancher du Zazen. La pureté du Zen selon la tradition de l'école Sôtô est étrangère à l'esprit de système ou de méthode. La méditation assise fondée sur la radicalité du Rien : chose insaisissable, indémontrable en soi, qui ne doit jamais être considérée comme moyen d'atteindre l'Éveil. Le Sôtô Zen, dans son dépouillement, se distingue du Zen selon la tradition de l'école Rinzai : la méditation assise basée sur l'inspection de *kôan* grâce à laquelle les pratiquants visent à avancer par étapes, graduellement, vers l'Éveil.

L'ensemble bigarré du *Trésor* rédigé dans un style « baroque » fait contraste avec le moment épuré de la méditation assise. Au lieu de discourir de la radicalité du Rien, Dôgen y expose ici la Loi du phénomène, Loi par rapport à laquelle l'œuvre n'ajoute rien, rigoureusement parlant. Incarnée dans la transmission juste, la Loi ne peut connaître d'amendement ; il n'y a pas de Loi supplémentaire à inventer. Le *Trésor* est la Loi, mais la Loi est le phénomène, et le phénomène est l'écriture. Notons bien que le caractère sino-japonais *zô* (le trésor) qui compose avec trois autres caractères le titre original *Shô-bô-gen-zô* désigne l'ensemble des écritures saintes bouddhiques. Le *Shôbôgenzô* nous semble ainsi recouvrir simultanément deux niveaux distincts : le niveau du phénomène – la vraie Loi [*shôbô*] en tant qu'objet à percevoir – et celui de l'écriture et de l'enseignement : le Trésor de l'Œil [*genzô*] en tant qu'objet de la transmission.

« Lire » le *Trésor* ne servirait pas à grand-chose à ceux qui veulent acquérir un savoir formel sur le bouddhisme. Il n'est pas une œuvre descriptive, objective, analytique, qui chercherait à informer le lecteur sur quelque chose, fût-ce sur l'Éveil. « Lire » le *Trésor* ne consisterait pas non plus à « découvrir » le sens – obscur – caché dans le texte, tel qu'il a été voulu d'avance par l'auteur. La clarté n'est pas pour autant la devise du *Trésor*. Pour être clair, le texte s'appuie sur la précision, sur la correspondance la plus rigoureuse de mot et de sens, alors que Dôgen, lui, exploite au maximum leur perpétuelle non-coïncidence comme la dynamique du déploiement infini de l'univers du langage. C'est dans cette nuit de la contingence que le *Trésor* nous invite à nous plonger, tant dans l'univers du phénomène que dans celui du langage. Il faudrait partir faire l'expérience avec le goût de l'inconnu et de l'imprévu, et habiter le texte longtemps en laissant les difficultés comme difficultés, l'énigme comme énigme sans se précipiter pour résoudre les problèmes.

Dans leur usage courant, les mots et les caractères sont chargés de leur dimension historique. Fréquenter les écrits et les paroles des anciens, comme le préconise Dôgen, c'est connaître le vécu des mots – et plus généralement des signes – comme si on sondait la mémoire des anciens ; plus on connaît leur histoire, plus leur présence se revêt de profondeur. Et pourtant, ils sont là tels qu'ils sont dans ce Présent, sans aucune épaisseur. L'usage des anciens ne leur a laissé aucune trace apparente, l'usage passe sans trace comme les oiseaux dans le ciel et les poissons dans l'eau. Le *Trésor* nous place ainsi devant l'exemple d'une remarquable sensibilité à l'égard de l'univers du langage où, par l'effet d'une trituration, la sédimentation du sens opérée par la tradition est convoquée dans ce Présent.

Le langage est conçu chez Dôgen comme matière à exploiter. D'où le style très particulier du *Trésor*, qui se tisse sur un bilinguisme chinois-japonais, – la traduction marque une créativité linguistique –, avec l'abondance frappante de métaphores : la rencontre du mot avec un autre mot opérant un transfert du sens. Bref, le sens tel que l'entend Dôgen est de l'ordre de la production. Le sens doit se réaliser comme présence [*genjô*] à ce juste-moment-tel-quel [*shôtô inmoji*] où la pureté de la méditation assise sans formes ni couleurs – comme l'Œil sans objet – transperce le recto : l'univers bigarré du *Trésor*. L'ordre atemporel du Zazen dans sa radicalité du Rien réalisera alors de parfaites épousailles avec l'ordre temporel de la Loi du phénomène, sans mélange ni confusion. Le sens n'est ni du côté du recto ni du côté du verso, ni du côté du texte (l'objet) ni du côté du lecteur (le sujet) ; il est de l'ordre de la rencontre et des relations circonstancielles. Il ne s'agirait donc nullement d'actualiser le sens qui existait déjà dans le texte, sens valable partout et en tout temps, ni de réactualiser l'expérience originelle de l'Éveillé. Expliquer, voire définir le sens des mots serait précisément à l'encontre de la pensée de Dôgen. La difficulté majeure du *Trésor* est là. La lecture du *Trésor* ne saurait s'effectuer sans la lecture du Soi. C'est seulement lorsqu'on parvient à percevoir l'énigme du Soi et à percer le mystère de sa propre existence, si peu que ce soit, que le sens d'un mot, d'une proposition ou d'un passage du *Trésor* se réalise comme présence, ici et maintenant, pour chacun de nous. Cette présence de sens n'est ni à démontrer, ni à expliquer, ni à définir tout comme la lune logée au milieu de l'eau. Nul ne saurait la saisir ni la transmettre à moins que chacun ne l'exprime et ne la présente à son tour telle qu'elle est perçue sous une multitude de formes différentes. *La Vraie Loi, trésor de l'Œil* [*Shôbôgenzô*] doit se transmettre ainsi de l'Œil en l'Œil dans son état vivant.

3. La stylistique du *Trésor*

a) Traits stylistiques du **Trésor** *et son procédé de composition*

Terrains littéraires hétérogènes du Trésor

Le discours du *Trésor* est un discours « mêlé » que Dôgen « tisse » à travers de très nombreuses péricopes, tirées le plus souvent du canon bouddhique, mais parfois même de corpus profanes. Celles-ci, qui forment les noyaux argumentatifs du *Trésor*, sont empruntées à toutes les écoles et à toutes les époques confondues et couvrent divers genres littéraires : soutras, disciplines, traités, sermons, *kôans*, hagiographies, dialogues, stances, etc. Le corps du texte et les péricopes librement traduites du chinois en japonais s'imbriquent et s'entremêlent si étroitement que souvent s'efface la frontière nette entre le mien (le propre) et le sien (l'emprunt). Dans cette texture du *Trésor* fortement marquée par le brassage de formes s'entrevoit déjà quelque chose qui brouille l'identité et la notion même de « propriété ».

Rapport entre les péricopes et le corps du texte

Dôgen relève dans le *Trésor* les péricopes déjà « triturées » [*nen*] à plusieurs reprises par d'autres maîtres. Il s'agit donc de l'exégèse de second niveau, à savoir le commentaire des commentaires ou l'argument des arguments. Quant au rapport entre les péricopes et le corps du texte, il est à la fois varié et complexe. À travers de libres interprétations souvent accompagnées de glissement, voire de renversement du sens de mots ou de propositions, l'auteur exprime tantôt son admiration, tantôt son point de vue critique à l'égard de la parole ou du texte cité.

Le corps du texte se caractérise par la prédominance du discours argumentatif – parfois polémique – élaboré sur le fond didactique. Y figurent avec la plus forte récurrence le verbe « étudier » [*sangaku*] ainsi que ses dérivés à l'impératif. La partie polémique comporte souvent une digression au profit de la réflexion sur le langage. Au point culminant du discours argumentatif vient le discours poétique.

Lexique propre au Trésor

Du corps du texte ressort le lexique propre au *Trésor*. Le terme « réalisation comme présence » [*genjô*] occupe une place privilégiée. On le rencontre, dans l'ensemble du recueil, deux cent quatre-vingt une fois, et à chaque fois à l'intérieur des passages cruciaux. Autour du terme *genjô* apparaissent très fréquemment les deux termes : « ce juste-moment-tel-quel » [*shôtô inmoji*] et « moment favorable » [*jisetsu*]. Le premier revient au total cent trente-huit fois, et le dernier cinquante fois. Ceux-ci s'inscrivent, comme le terme *genjô*, dans le cadre du moment présent. La récurrence du terme « transmission juste » [*shôden*] s'élève à trois cent vingt-quatre fois, il est souvent associé au titre générique *Shôbôgenzô* (*La Vraie Loi, trésor de l'Œil*)[1].

Champ lexical du Trésor

Le *Trésor* emprunte pour toile de fond le cliché de la poésie extrême-orientale : les fleurs, les oiseaux, le vent et la lune

1. Voir en particulier les textes n° 14, 15, 16, 32, 34, 37, 38, 44, 51, 53, 56, 72 et 73 de l'ancienne édition [*Kyûsô*], les textes n° 1, 2 et 3 de la nouvelle édition [*Shinsô*] ainsi que le texte supplémentaire n° 1. Sur les compilations du *Trésor*, voir les pages 38-40.

[*ka chô fû getsu*]. Les pins, les bambous, les pruniers [*shô chiku bai*] et les chrysanthèmes apparaissent très fréquemment comme plantes, les poissons et les oiseaux comme faune, et le bateau comme véhicule[1]. Ceux-ci se substituent aux termes du lexique original du bouddhisme indien tels que lotus, éléphant, bœuf, char. La saison préférée de l'auteur est le printemps, et l'orientation l'Est.

Spécificité syntaxique du Trésor

Le circonstanciel occupe une place centrale dans la syntaxe du *Trésor*. Y apparaissent de façon extrêmement fréquente le verbe modal « devoir » [*beshi*] au sens de supposition, de nécessité ou de l'impératif catégorique, la conjonction « si » [*moshi*] hypothétique, l'adverbe « toujours » [*kanarazu*] servant à exprimer l'enchaînement de cause à effet, les locutions adverbiales « pas toujours » [*kanarazushimo*] et « non pas seulement » [*nominiarazu*] servant à exprimer l'idée de contingence, la locution adverbiale « même si » [*tatoi*] renforçant l'expression de conséquence, les locutions adverbiales « par exemple » [*tatoeba*] et « ou bien » [*aruiwa*] marquant l'idée de variation et l'adverbe « provisoirement » [*shibaraku*] soulignant le caractère non définitif, mais transitoire et temporaire de l'énoncé[2].

Les substantifs sont en revanche dépouillés de tout ornement. Ils apparaissent le plus souvent sans épithètes, surtout les mots relatifs à la Nature tels que fleurs, poissons, oiseaux, montagnes, rivières, eau, lune.

1. La lecture du « Genjô kôan » fournirait déjà aux lecteurs l'un des meilleurs exemples.

2. Prenons toujours le cas du « Genjô kôan » : en l'espace de quatre pages à peine reviennent 15 fois le verbe modal « devoir » [*beshi*], 14 fois le « *comme* » métaphorique [*gotoshi*], quatre fois la conjonction « si » hypothétique [*moshi*].

Quant aux temps grammaticaux, le présent est prédominant. Les phrases impératives, interrogatives et exclamatives ainsi que les apostrophes sont fréquemment employées.

En matière de figures de style, le *Trésor* se caractérise d'abord par la très forte récurrence du « comme » métaphorique. L'emploi de la métonymie est aussi récurrent, par exemple : « Jadis, le maître Nangaku Ejô fit les études de la Voie auprès de Daikan Enô [le sixième patriarche chinois] quinze automnes. [...] Le vent et la gelée blanche de ces quinze automnes lui auraient été durs à supporter[1]. » Au niveau macrostructural ressort l'abondance de périphrases qui soulignent la mise en situation du sujet percevant : l'auteur appelle l'Inde le « ciel de l'Ouest », la Chine la « terre de l'Orient », le Japon « une petite région écartée », « un lointain pays étranger », etc. L'énoncé tautologique et les structures réflexives du type « A est A », « A se dit A » ou « A se transmet à A » figurent fréquemment, souvent accompagnés d'énoncés paradoxaux comme « A est A, et c'est pourquoi A n'est pas A ».

Le discours du Trésor ancré dans la situation d'énonciation

Si l'emploi du pronom personnel « je » est limité dans la partie narrative, le discours du *Trésor* dans son ensemble est ancré dans la situation d'énonciation avec une forte teneur de l'expression de la subjectivité. Celle-ci ne se limite pas au niveau des modalisateurs et des procédés stylistiques esquissés ci-dessus, mais elle se manifeste aussi au niveau du vocabulaire apportant une nuance d'évaluation péjorative (des chauves, des sacs puants, ce clan d'imbéciles et d'érudits, etc.) ou méliorative (des anciens éveillés, mon ancien maître, des enfants et des petits-enfants de l'Éveillé et de patriarches, etc.).

1. Le « Gyôji » (l'ancienne édition n° 16).

b) Situation culturelle du **Trésor**

Le Trésor *centré sur la culture chinoise*

La culture chinoise prédomine dans le *Trésor*. Au niveau scripturaire, on compte pour sources explicites plus de trente soutras et douze traités traduits en chinois – Dôgen n'évoquera jamais le problème de textes originaux en sanscrit –, ensuite, plus de quarante recueils de paroles et sermons de maîtres tous originellement rédigés en chinois ainsi que seize corpus profanes chinois[1]. Aucun corpus japonais n'est pris comme objet de citation.

Au niveau des personnages, on compte environ cent trente maîtres chinois ainsi que les sept éveillés mythiques du passé et les vingt-huit patriarches indiens[2]. Ne se présentent par contre que trois maîtres japonais – Myôzen, Yôsai et Dôgen lui-même –, ainsi que le prince Shôtoku, fervent bouddhiste, auquel l'auteur rend hommage. Les noms de trois empereurs japonais – Shômu, Kinmei et Yômei – sont juste évoqués comme repères chronologiques[3].

1. Pour la liste complète des sources, voir Terada et Mizuno : *Shôbôgenzô*, coll. « Nihon shisô taikei », Tôkyô, Iwanami shoten, 1970-1972, p. 457-490 (livre I), p. 504-528 (livre II) ; ainsi que Genryû Kagamishima : *Études sur les citations des soutras et des recueils chez le maître Dôgen*, Kijisha, Tôkyô, 1965.

2. Pour la liste des maîtres du Zen et des patriarches, voir Terada et Mizuno, *op. cit.*, p. 491-504 (livre I) ; p. 529-533.

3. Pour Myôzen et Yôsai, voir le texte n° 50 de l'ancienne édition ainsi que le texte supplémentaire n° 1. Dôgen parle de lui-même dans les textes n° 3, 32, 39, 51, 52, 53, 67 et 70 de l'ancienne édition [Kyûsô], le texte n° 3 de la nouvelle édition [*Shinsô*] ainsi que dans le texte supplémentaire n° 1. Pour le prince Shôtoku et l'empereur Shômu, voir le texte n° 3 de la nouvelle édition, et pour les empereurs Kinmei et Yômei, voir le texte supplémentaire n° 1.

Les destinataires du Trésor

La grande majorité des personnages du *Trésor* se compose de maîtres du Zen, patriarches et éveillés, moines, docteurs de soutras et de traités, savants et sages. Les femmes, les enfants et les personnages séculiers y occupent peu de place, et les paysans ainsi que les commerçants y sont pratiquement absents. Le *Trésor* ne fournit aucune image socio-politique de l'époque si ce n'est l'histoire de la transmission de la Voie de l'Éveillé. Il s'agit donc d'une œuvre déjà en soi mise à part du monde, qui se présente comme l'ailleurs du monde, qui n'appartient qu'à la communauté des éveillés. « La Loi de l'Éveillé [écrit Dôgen] ne peut être connue par l'homme. C'est pourquoi, depuis le lointain passé, nul ne s'est éveillé en la Loi de l'Éveillé en tant que commun des mortels [...][1]. » Le Trésor doit avoir pour destinataires, non pas les néophytes, mais les disciples de Dôgen ainsi que les personnes déjà engagées dans les études de la Voie.

Dôgen face à la secondarité de la culture japonaise

Formé aux confins de deux cultures, non seulement l'auteur est conscient de la secondarité de sa propre culture japonaise, mais encore l'expose-t-il au premier plan de l'œuvre[2]. « Nous les vulgaires [dit Dôgen], ne sommes pas nés sur la terre du Milieu [la Chine] ni ne voyons la fleur du Milieu. [...] De plus, notre pays est une rive perdue au diable[3]. [Le terme la période de la dégénérescence de la Loi [*Mappô*] – antonyme du terme la Vraie Loi [*Shôbô*] – est souvent associé au

1. Le « Yuibutsu yobutsu », texte supplémentaire n° 5.
2. Voir en particulier les textes n° 16, 32, 39, 51, 53 et 68 de l'ancienne édition ainsi que les textes n° 3 et 10 de la nouvelle édition.
3. Le « Gyôji », texte n° 16 de l'ancienne édition.

Japon.] Vraiment [déplore Dôgen], nous sommes nés dans une région écartée, et rencontrons la période de la dégénérescence de la Loi[1]. »

c) Quatre questions stylistiques du **Trésor**

1° Pourquoi le style du *Trésor* manifeste-t-il le brassage de langues ? Autrement dit, pourquoi, dans un recueil destiné aux « connaisseurs », l'auteur a-t-il fait le choix délibéré de la langue vernaculaire pour pratiquer son bilinguisme sous un style bigarré, déformé, peu « académique » ?

2° Pourquoi Dôgen récuse-t-il les docteurs, les savants et les poètes, spécialistes de beau langage et de belles lettres[2] ? Un peu partout dans le *Trésor* figurent la critique et le mépris de l'auteur à leur égard. « Ne faites pas d'études [avertit Dôgen] auprès des maîtres des lettres. » « Vous les savants, ne soyez pas fiers inutilement. » « Les savants sont idiots et lourds d'esprit ; depuis toujours ils récitent et méditent les soutras seulement suivant les lettres. [...] Les maîtres des lettres qui comptent en vain les grains de sable ne devraient jamais les [le savoir et la vision de l'Éveillé] connaître[3]. » Quels sont alors la nature et le véritable enjeu de cette critique des maîtres des lettres et des savants ?

1. Le « Shizen biku », texte n° 10 de la nouvelle édition.

2. Sur la critique des savants, voir les textes n° 3, 5, 6, 7, 8, 10, 12, 13, 14, 15, 16, 17, 18, 25, 26, 32, 34, 35, 36, 39, 40, 44, 45, 47, 48, 60, 69 et 73 de l'ancienne édition, les textes n° 3, 4, 7 et 10 de la nouvelle édition ainsi que les textes supplémentaires n° 1 et 3. Le « Shoaku makusa », texte n° 31 de l'ancienne édition, comporte aussi un long développement critique sur Hakyoi (Bai Juyi) (772-846), poète chinois sous la dynastie des T'ang.

3. Respectivement, le « Kômyô », texte n° 15 de l'ancienne édition, le « Hotsubodaishin », texte n° 4 de la nouvelle édition et le « Hokke ten hokke », texte supplémentaire n° 3.

3° Pourquoi le circonstanciel occupe-t-il une place centrale dans la syntaxe du *Trésor,* alors que l'œuvre elle-même est résolument centrée sur la Chine ?

4° Pourquoi tant de métaphores, alors que l'auteur a peu d'estime à l'égard des poètes et de la poétique[1] ?

d) Le **Trésor** *comme immense parabole*

Le bilinguisme du Trésor

Sur le terrain littéraire hétérogène du *Trésor*, l'auteur effectue une double opération : tout en reprenant pour toile de fond le lexique de la poésie de l'époque Heian (794-1184), il substitue au lyrisme, à l'émotion [*Monono aware*] et à l'exaltation sentimentale de celle-ci, le registre argumentatif et sotériologique du discours bouddhique[2]. « Le parler mystique, écrit Michel de Certeau, est fondamentalement "traducteur". Il est passeur. Il forme un tout par d'incessantes opérations sur des mots étrangers. Avec ce matériau bigarré, il organise une suite orchestrale de décalages, de camouflages aussi et de citations lexicales. Ce style d'écriture est un permanent exercice de la translation, il préfère donc les modes d'emploi aux définitions reçues[3]. »

1. « [...] seulement, pratiquez la Voie de l'Éveillé, et étudiez la Loi de l'Éveillé. La prose et la poésie sont vaines ; il n'y a pas à discuter pour les rejeter. » (*Shôbôgenzô-zuimonki* <Manuscrit Chôen-ji> II, 8) ; « Les moines du Zen de nos jours aiment les lettres afin d'écrire des stances et des sermons. Ils ont tort. Même si vous ne composez pas de stances, écrivez juste vos pensées ; même si vos phrases ne sont pas belles, écrivez l'enseignement de la Loi. » (*Ibid.*, III, 6.)

2. Le chiasme qui se dessine entre le quatrain initial et le final du « Genjô kôan » fournira aux lecteurs l'un des meilleurs exemples à ce sujet.

3. *Fable mystique* I, p. 164-165, collection « Tel », Gallimard, 1982.

Le Trésor *et l'importance du décentrement*

L'époque Kamakura (1185-1333), où vécut Dôgen, est marquée par une profonde mutation : la montée du pouvoir guerrier, le déplacement du centre politique de Kyôto à Kamakura, la naissance d'un bouddhisme séculier qui coïncide avec l'éveil culturel et religieux des masses populaires. La perte du centre – la capitale Kyôto n'est plus le centre du Japon – pouvait aussi signifier la multiplication de centres. Or, le regard de Dôgen, tourné vers le centre culturel de l'Asie de l'époque (la Chine), est précisément situé dans ce pays périphérique sous la mouvance de décentrement. La torsion de la syntaxe et le jeu de variation traduisent bien cette situation d'énonciation. Que de fois figurent en effet au premier plan du *Trésor* la métamorphose de l'objet vu sous des angles différents[1], le rapport dynamique, mais transitoire, du sujet percevant (l'homme monté à bord d'un bateau) et de l'objet perçu (la mer, les rives, le ciel et la terre), et aussi le reflet à la surface (la lune au milieu de l'eau) qui pose la question de l'illusion, voire d'une tromperie ! Le circonstanciel joue un rôle capital pour la perception du mobile et de l'instable.

Le circonstanciel est aussi le moment de l'usage. Notons qu'à l'apogée de la rédaction du *Trésor*, vers 1242-1244, l'auteur prend volontiers des apocryphes [*gikyô*] – littéralement traduits « fausses écritures » – pour base d'argumentation[2]. Le terme générique *Shôbôgenzô* (*La Vraie Loi, trésor de*

1. Le *Sansuikyô* dans son ensemble invite les lecteurs à une longue étude de la perception.

2. Il s'agit du *Soutra de l'Éveil parfait* [*Engaku kyô*] T. 17, n° 842 ainsi que du *Soutra de la concentration de la marche héroïque* [*Shuryôgon kyô*] t. 19, n° 945. Les péricopes tirées du premier figurent dans les textes n° 23, 49 et 72 de l'ancienne édition, celles tirées du second dans les textes n° 14 et 67 de la même édition.

l'Œil) provient lui-même d'un apocryphe chinois[1]. Curieuse coïncidence : l'auteur proclame la transmission juste [*shôden*] à partir du terme tiré d'un apocryphe. « De la sorte, écrit de Certeau, le mensonge cesse d'être l'ennemi qu'il faut combattre pour affirmer une vérité ; il est le lieu stratégique où le « dire » s'articule sur le "dit"[2]. »

La stylistique du Trésor *face à la formulation logique coupée de la situation d'énonciation*

Par la forme même du discours – ancré dans la situation d'énonciation –, Dôgen lance un défi à la formulation logique. Le tétralemme indien duquel était familier le bouddhisme sino-japonais se construit par l'enchaînement de quatre propositions contradictoires[3]. Or, si l'on dit à la propositon initiale : « A est B », on présuppose déjà leur différence ; de même, si l'on dit : « A est l'être » ou « A est le non-être », on présuppose déjà l'existence de A, qu'elle soit affirmée ou niée. L'énoncé logique, coupé de la situation d'énonciation, ne peut être que second par rapport au fait langagier. De même, nul ne saurait discourir de l'absolu sans recourir au langage, alors que le langage lui-même n'est qu'un existant bâti sur le conventionnel [*Keryû no hô*][4] ; il n'est ni universel ni absolu. Comment la formulation logique saurait-elle alors transcender le langage ?

1. Il s'agit du *Soutra de la délibération du grand roi Brahman avec l'Éveillé* [*Daibon ten.nô monbutsu ketsugi kyô*], Manji zôkyô, tome I, 87, 4, apocryphe chinois qui aurait été compilé après 1004.

2. *Ibid*., p. 214.

3. Voici deux formulations typiques du tétralemme indien : « Ceci est A, et non B. Ceci est B, et non A. Ceci est à la fois A et B. Ceci n'est ni A, ni B. » ; « Ceci est A. Ceci n'est pas A. Ceci est à la fois A et non A. Ceci n'est ni A ni non A. »

4. Le « Gabyô » dans son ensemble est une longue méditation sur la nature même du langage.

Parler du langage au milieu du langage

Dôgen critique les « savants », puisque, nous semble-t-il, ces derniers élaborent leurs idées et leurs discours sans connaître la vraie nature du langage. Pour Dôgen, le langage n'est ni la fin en soi – comme chez les poètes – ni le moyen – comme chez les « savants » –, mais il doit être en tant que tel une métaphore de notre propre existence. À l'image de l'homme projeté dans son milieu, le langage affronte toujours le déjà-là de son « milieu » ; le début et la fin de son existence lui échappent. « Il faut voir [écrit Dôgen] que cet univers entier se présente comme tel du moment que je m'y place moi-même [...][1]. » Le *Trésor* est un discours à voir en ce sens que l'auteur opère une transposition de l'univers du phénomène dans l'univers du langage. C'est pourquoi, dit-il, il faut apprendre à lire auprès de la Nature : le livre du phénomène[2]. Dans cette lecture du phénomène, chose qui n'a pas de consistance en soi, la perception prend la première place. « L'expérience, au sens moderne du terme [analyse de Certeau] naît avec la désontologisation du langage, à laquelle correspond aussi la naissance d'une linguistique.[3] »

Le même mot montre un tout autre aspect suivant l'éclairage et l'usage différents. Dans une perpétuelle non-coïncidence avec soi-même – A est A, c'est pourquoi A n'est pas A –, *« Le sens retient le sens, et perçoit le sens. Le mot retient le mot, et perçoit le mot*[4]. *»* Ce jeu de dévoilement et de voi-

1. Cf. la traduction « Uji », p. 7.
2. Pour le symbolisme du livre, voir les textes n° 3, 7, 14, 15, 19, 25, 28, 30, 32, 34, 43, 47, 50, 55, 63, 64, 65, 67 et 69 de l'ancienne édition, le texte n° 1 de la nouvelle édition ainsi que le texte supplémentaire n° 5.
3. *Ibid.*, p. 170.
4. Cf. la traduction « Uji », p. 12.

lement du mot et du sens comme phénomène, les « savants », leur œil fixé sur le texte, rien que sur le texte comme chose en soi, ne le verraient jamais, même pas en rêve. « L'étude consiste à savoir [enseigne alors Dôgen] que ce sont les montagnes qui cachent les montagnes en se cachant[1]. »

4. L'histoire de la réception du *Trésor*

La Vraie Loi, trésor de l'Œil [*Shôbôgenzô*], ce grand monument littéraire, qui témoigne sans aucun doute de l'un des sommets de la pensée japonaise – voire universelle –, fut longtemps tenu à l'écart. Pendant des siècles, seule l'élite des moines de l'école Sôtô du Japon y avait accès.

À deux ou trois exceptions près, la majorité des livres de commentaires anciens date de la dernière moitié de l'époque Edo (1603-1867). Pour ne citer que le plus grand, Menzan Zuihô (1683-1769) a mis quarante-trois ans (1716-1759) pour écrire, entre autres, *Sources et étymologie du* Trésor [*Shôbôgenzô shôtenroku*], le premier ouvrage systématique consacré à l'étude des sources du *Trésor*. La recherche de l'auteur s'étend sur un vaste champ d'investigation, depuis l'étude des étymologies, des sources, de l'histoire des expressions idiomatiques jusqu'à l'inventaire quasi exhaustif des péricopes issues des sources anciennes. *Sources et étymologie du* Trésor, l'œuvre la plus représentative des travaux de Menzan Zuihô, constitue le premier vrai dictionnaire étymologique du *Trésor* et il n'a depuis rien perdu de sa valeur. Il est

1. Cf. la traduction « Sansuikyô », p. 41.

à noter que Menzan Zuihô, auteur de très nombreux ouvrages, apporta une contribution exemplaire à la vulgarisation de l'enseignement de Dôgen. D'où son influence. La contribution de Menzan comprend également la collation des textes originaux et des commentaires. Aujourd'hui encore, les grands classiques qu'on étudie au sein de l'école Sôtô sont presque tous de la main de Menzan Zuihô.

En 1795, Gentô Sokuchû, le cinquantième patriarche du temple Eihei-ji, déclara son intention de publier intégralement le *Trésor* et déposa la demande officielle de l'autorisation au shôgunat. Ce dernier accepta la requête en 1796. Aussitôt, Gentô Sokuchû demanda à deux moines de l'école, Ondatsu et Shunryô, de graver les textes sur un support de bois. Les deux moines achevèrent leur travail en 1815 ; après révision, on imprima le *Trésor* en quatre cents exemplaires. Cette première édition moderne du *Trésor*, destinée au grand public, est appelée le *Honzanban Shôbôgenzô*. Les textes suivent l'ordre chronologique de leur rédaction. Entre la demande de Gentô Sokuchû déposée au shôgunat en 1795 jusqu'à cette première impression du *Honzanban* en 1815, près de vingt années se sont écoulées et quatre générations de patriarches – du 50e au 53e – se sont succédées à la tête du temple Eihei-ji. On peut facilement imaginer les énormes difficultés qu'a dû traverser cette entreprise historique.

Dans la première édition du *Honzanban*, on a pourtant omis les cinq textes que l'école Sôtô tenait encore à réserver à un usage interne au temple. La première édition du *Honzanban* ne comportait donc que 90 textes, et l'école Sôtô interdisait également la libre diffusion de l'ouvrage auprès des librairies non agréées par le temple. Il fallut attendre 1906 pour que paraisse l'édition définitive du *Trésor* en 95 textes, édition effectivement destinée au grand public. C'est dans cette mouvance qu'il faudrait situer la publication, en 1926, du livre *Shamon Dôgen* (Le moine Dôgen) de Watsuji Tetsurô (1889-1960), professeur d'éthique à l'Université de Kyôto et le premier vulgarisateur du *Trésor* à l'époque moderne au Japon. Dès lors, le *Trésor* fait partie intégrante de la réflexion des penseurs japonais, surtout pour sa dimension philosophique. Il est aisé de constater une influence réelle du Zen chez les grands représentants de ce que l'on a appelé « l'école de Kyôto », Nishida Kitarô (1870-1945) et Tanabe Hajime (1885-1962), tous deux professeurs de philosophie à l'Université de Kyôto.

Après la Seconde Guerre mondiale, le *Trésor* a commencé à susciter un intérêt croissant auprès des chercheurs et du grand public japonais. Depuis, une dizaine d'éditions différentes en langue d'origine ont vu le jour, ainsi que plusieurs traductions en japonais moderne. Ces publications ont donné naissance à une véritable profusion d'ouvrages sur Dôgen, au Japon et ailleurs dans le monde. Dans les pays anglo-saxons, en particulier aux États-Unis, c'est surtout à partir des années 1970 que Dôgen et son œuvre ont suscité l'intérêt des chercheurs. À l'heure actuelle, il existe déjà trois traductions complètes du *Trésor* en anglais. Des études approfondies ont également été publiées en anglais, entre autres par Kim Hee-Jin en 1978 et par Steven Heine en 1983, et une quantité d'articles, par exemple ceux recueillis dans les *Dôgen Studies* publiés en 1985 sous la direction de William R. LaFleur. Une traduction allemande a également paru à Zurich en 1989. En France, malgré quelques tentatives de traduction partielle de son œuvre, on a pratiquement ignoré le nom de Dôgen jusqu'aux années 1980. Mais depuis les années 1990, sous l'impulsion de la vague bouddhiste qui déferle un peu partout en Occident, plusieurs chercheurs de langue française se sont également engagés dans l'étude de cette œuvre majeure. La première traduction intégrale de l'œuvre en langue française ne saurait tarder.

Les recherches sur Dôgen et le *Trésor* aboutissent de nos jours à une véritable profusion d'articles et d'ouvrages de toutes sortes, et certains spécialistes lancent un cri d'alarme à l'intention des tenants d'un rapprochement philosophique Orient-Occident. On a en effet vu, surtout au Japon, un foisonnement de comparaisons entre Dôgen et les grandes figures de la ou des traditions philosophiques et religieuses de l'Occident telles qu'Augustin, François d'Assise, Eckhart, Schelling, Nietzsche, Sartre, Merleau-Ponty, Heidegger, Hegel, et le plus récemment, Derrida. Si on peut déplorer le fait que, la plupart du temps, ces rapprochements reposent sur des bases fragiles et sur la méconnaissance de l'un ou l'autre des termes de la comparaison, il nous semble néanmoins indéniable que c'est dans la nature même du *Trésor* qu'il faudrait chercher la cause et l'origine de ce « phénomène » littéraire, certes déconcertant aux yeux des puristes.

Dôgen est un auteur d'une prodigieuse culture, et son œuvre maîtresse demande aux chercheurs une investigation considérable. Et pourtant, à nos yeux, il y a, dans le *Trésor*, quelque chose qui résiste à l'approche purement et simplement académique et universitaire. Il sollicite l'engagement du lecteur. Il ne révélera jamais son secret à ceux qui veulent rester à l'extérieur de l'œuvre, au nom de la « science »... littéraire, afin de la disséquer avec le regard figé et froid. Les lecteurs verront que l'un des messages principaux du *Trésor* consiste à dire qu'il n'y a pas de vérité ni de vision hors du sujet percevant et que la vraie objectivité n'est autre que la subjectivité comprise comme subjectivité. Dôgen présente la prédication de l'Éveillé comme le « Discourir du rêve au milieu du rêve » [« Muchû setsumu », n° 27]. Il faudrait donc à nos yeux laisser advenir ce qui est à venir sans vouloir le maîtriser d'avance ni le préjuger à partir d'un quelconque principe. La pureté et la perfection chez Dôgen s'affirment au niveau du fondement, non de la manifestation, car seul ce qui est parfait, dit-il, peut paraître moins parfait. Dans la mesure où c'est l'Œil que le *Trésor* a pour objet de la transmission, toute la recherche devrait avoir son point de départ dans la surface pour y faire retour. Il nous semble ainsi peu étonnant, voire légitime, que le destin du *Trésor* se révèle aussi fécond, mais aussi sinueux que le style même de l'œuvre.

5. Les compilations du *Trésor* et notre choix de textes

a) Les compilations du Trésor

On sait que la rédaction du *Trésor* s'étale sur vingt-trois années (1231-1253) et sept lieux de production et qu'il s'adresse à des destinataires différents. Dans ce calcul, on ne tient compte que des quatre-vingt-deux textes du *Trésor* dont la date et le lieu de rédaction nous sont connus. Au cours des longs siècles de la transmission, l'œuvre a fait l'objet de huit compilations différentes. En voici le résumé dans le tableau page suivante.

Comme on peut le constater, le nombre de textes du *Trésor* varie selon le type de compilation. Ces fluctuations découlent-elles fatalement de la nature composite du *Trésor* ? Ou obéissent-elles, au contraire, à une volonté de structuration ? Grâce aux récentes recherches philologiques, stimulées notamment par la découverte des anciens manuscrits, la vraie figure du *Trésor* est maintenant en passe de se dévoiler avec précision.

Titre de la version	**Nombre de textes**	**Année de compilation**
Le *Trésor* [*Shôbôgenzô*] *inachevé*	92	1231-1253
L'ancienne édition [*Kyûsô*]	75	vers 1246
La nouvelle édition [*Shinsô*]	12	1255
La version Sôgo [*Sôgo bon*]	60	1329
L'édition secrète du Trésor [*Himitsu Shôbôgenzô*]	28	début du XVe siècle
La version Bonshin [*Bonshin bon*]	84	1419
La version Manzan [*Manzan bon*]	89	1684
La version Kôzen [*Kôzen bon*]	95	1690
Honzanban (première édition)	90	1815
Honzanban (édition définitive)	95	1906

Comme l'indiquent les colophons de plusieurs textes, Dôgen a lui-même révisé la majorité de ses manuscrits. D'après le colophon que comporte le dernier texte de la nouvelle édition [*Shinsô*], celle-ci fut compilée par Ejô en 1255, soit deux ans après la mort de Dôgen. Comme les douze textes de cette nouvelle édition, la majorité des autres textes (soixante-quinze sur quatre-vingt-deux) portent un numéro de classement à la suite du titre générique *La Vraie Loi, trésor de l'Œil* [*Shôbôgenzô*] et ces soixante-quinze textes forment ensemble le *Trésor* dit de l'ancienne édition [*Kyûsô*]. Celle-ci et *la nouvelle édition* en douze textes n'ont aucun texte en commun. *L'Extrait du* Trésor [*Shôbôgenzô shô]*, le livre de commentaires le plus ancien compilé en 1308, suit exactement l'ordre de l'ancienne édition et n'émet aucun doute à ce sujet. D'après l'avis de certains spécialistes, l'ancienne édition aurait été compilée par Dôgen lui-même vers 1246.

S'agissant du *Honzanban Shôbôgenzô*, à l'époque où il fut publié, il n'existait pas encore de recherche philologique systématique sur l'ensemble des anciens manuscrits. On dut alors suivre, comme solution de commodité, la forme du *Trésor* en quatre-vingt-quinze textes rassemblés et publiés à l'époque Edo selon l'ordre chronologique. Depuis la publication du *Honzanban*, plusieurs éditions du *Trésor* ont vu le jour. Jusqu'en 1930, toutes respectaient la présentation du *Honzanban*, soit quatre-vingt-quinze textes classés par ordre chronologique, alors que depuis 1969, toutes les éditions modernes, sauf une, se fondent sur l'ancienne édition [*Kyûsô*] en soixante-quinze textes et sur la nouvelle édition [*Shinsô*] en douze textes. Un consensus est donc en voie de s'établir autour d'un *Trésor* comptant finalement quatre-vingt-sept textes (soixante-quinze plus douze) classés par ordre non chronologique.

Cela dit, il ne faut pas oublier de souligner la valeur authentique des deux textes supplémentaires de la version Sôgo [*Sôgo bon*] : « Les quatre attributs pratiques de l'être d'Éveil » [« Bodaisatta shishôbô »] et « La Rotation du *Soutra du Lotus* dans le *Soutra du Lotus* » [« Hokke ten hokke »] ; celle des deux textes issus de l'édition secrète du *Trésor* [*Himitsu Shôbôgenzô*] : « Naissances et morts » [« Shôji »] et « Seul un éveillé avec un autre éveillé » [« Yuibutsu yobutsu »] ; et finalement celle de « L'entretien sur la pratique de la Voie » issu de la version *Kôzen bon*. Le *Trésor* perdrait une partie de sa saveur si l'on mettait de côté ces cinq textes supplémentaires. Ainsi, nous sommes tentés de conclure que le nombre total de textes du *Trésor* doit s'élever à quatre-vingt-douze, soit la somme des soixante-quinze textes de l'ancienne édition, des douze textes de la nouvelle édition et des cinq textes supplémentaires.

b) Notre choix de textes

Nous présentons ici la traduction annotée de neuf textes choisis de *La Vraie Loi, trésor de l'Œil* [*Shôbôgenzô*], soit environ un dixième de l'ensemble du recueil. Avec ses sept textes tirés de l'ancienne édition [*Kyûsô*], tous des chefs-d'œuvre, et deux textes tirés de la partie supplémentaire, le présent travail permettra aux lecteurs d'avoir une perspective globale du *Trésor* tant sur le plan stylistique que thématique.

« La Réalisation du kôan comme présence » [« Genjô kôan », n° 1] est un chef-d'œuvre rédigé par le jeune Dôgen à l'âge de trente-trois ans. Il annonce déjà, en toile de fond, tous les grands thèmes qui seront développés par la suite dans l'ensemble du recueil, et se présente en quelque sorte comme la préface du *Trésor*.

« La Manière de la méditation assise » [« Zazengi », n° 11] est l'un des rares textes du *Trésor* – il n'y en a que deux – qui ont directement pour sujet la méditation assise [*Zazen*] : ce moment du Rien, moment du Non-faire, indémontrable en soi. Le lecteur s'étonnera peut-être de la simplicité de ce texte, qui se contente de donner des indications pratiques sur la méditation assise.

« Le Temps qui est là » [« Uji », n° 20] est un texte phare du *Trésor*. On en compte déjà quatre traductions en français, y compris la nôtre. Son actualité réside bien évidemment dans sa conception originale d'une identité du temps et de l'existence, une thématique qui sera aussi celle de Heidegger dans son maître-ouvrage *Sein und Zeit*.

« La Totalité dynamique » [« Zenki », n° 22], un texte court et limpide, ainsi que « La lune ou la Réflexion » [« Tsuki », n° 23], l'un des textes les plus poétiques et les plus contemplatifs du *Trésor*, se situent dans la continuité thématique du « Temps qui est là ». Le « Zenki » (n° 22) expose, dans son atmosphère dynamique et diurne, le temps comme le corps, le corps comme le temps, tandis que le « Tsuki » (n° 23) révèle, par sa « parabole » de la lumière nocturne (la lune), le plus profond secret de la vision : l'unité du temps et de la médiation (l'atemporel).

« Une galette en tableau » [« Gabyô », n° 24] est un texte très original qui traite à fond du rapport entre le réel (la nourriture) et le symbolique (l'image d'une galette). S'il est dit au commencement qu'« une galette en tableau n'apaise pas la faim », on lira à la fin qu'« Il n'y a pas de remède qui puisse apaiser la faim sinon une galette en tableau ». C'est l'univers du langage qui est ici métaphoriquement présenté comme une galette en tableau.

« Montagnes et rivières comme soutra » [« Sansuikyô », n° 29], l'un des plus beaux textes du *Trésor*, se dessine autour de la question de la Nature et du symbolisme du livre. Fondé sur l'identité réciproque de l'univers du phénomène (montagnes et rivières) et de l'univers du langage (soutra), cet hymne à la Nature dévoile l'un des plus frappants paradoxes de la pensée de Dôgen : la Nature n'est pas de l'ordre du naturel, mais elle doit être gagnée comme le point de départ de la pratique, pratique de la purification du corps et du cœur.

Enfin, les deux textes tirés de la partie supplémentaire du recueil – « Les quatre attributs pratiques de l'être d'Éveil » [« Bodaisatta shishôbô »] et « Naissances et morts » [« Shôji »] – montreront une autre facette du *Trésor*. Leur simplicité et leur dimension religieuse font contraste avec la prodigieuse complexité spéculative qui caractérise les autres textes du *Trésor*. Dôgen se présente ici sous les traits d'un humble moine bouddhiste consacrant sa vie au salut des êtres.

Genjô kôan

La réalisation du kôan comme présence[1]

Le texte entier de « La Réalisation du kôan comme présence » [« Genjô kôan »] peut être qualifié de véritable discours de l'Éveil et annonce déjà, en toile de fond, tous les grands thèmes qui seront développés par la suite dans l'ensemble

1. Le titre original sino-japonais « Genjô kôan » (« La réalisation du kôan comme présence ») est polysémique.

(a) *Genjô* : le caractère *gen* veut dire, en tant que verbe, « apparaître, se manifester, se présenter », et en tant que substantif, « le présent » – temporel –, « l'apparition ». Le verbe *jô* veut dire « se réaliser, s'achever, s'accomplir », mais aussi « devenir ». Le terme *genjô* signifie donc le fait que quelque chose se présente en ce moment devant nos yeux en raison même de la réalisation intérieure de soi.

(b) *Kôan* : le caractère *kô* veut dire *« public, équité, égalité »* et le caractère *An* veut dire, en tant que verbe, « réfléchir, examiner, rédiger », et en tant que substantif, « projet, invention, idée personnelle », etc. Le terme *kôan* désigne à l'origine un document juridique et, dans la tradition de l'école Zen, une sorte d'axiome ou d'énigme que le maître soumet à ses disciples pour leur réflexion personnelle.

Kyôgô, le plus ancien commentateur du *Trésor*, écrit dans son *Extrait du* Trésor [*Shôbôgenzô shô*] ce qui suit : « Le terme "la réalisation du kôan comme présence" ["genjô kôan"] doit s'appliquer à tous les noms. [...] Il faut aussi appeler la "réalisation du kôan comme présence" chacun des soixante-quinze textes du recueil (l'ancienne édition [*Kyûsô*]). [...] La réalisation comme présence [*genjô*] ne veut pas dire que ce qui était auparavant caché se manifeste maintenant. Il ne faut pas concevoir que la réalisation comme présence contrecarre ce qui est caché ou ce qui disparaît. Si l'on n'aimait pas la réalisation comme présence, il faudrait haïr les lettres et les paroles. Si l'on haïssait ces dernières, il ne faudrait ni employer ni affirmer cette parole de l'Éveillé : "J'ai en moi la Vraie Loi, trésor de l'Œil [*Shôbôgenzô*] – le cœur sublime dans le Nirvâna. Je transmets ceux-ci à Kâçyapa." »

du recueil. Classé comme premier texte de l'ancienne édition [*Kyûsô*], le « Genjô kôan » se présente en quelque sorte comme la préface du *Trésor*.

Les métaphores y abondent, comme c'est le cas dans tous les autres textes du *Trésor*. Très riche en images, le style du *Trésor* fait appel aux sens. Le champ lexical de la poésie extrême-orientale – les fleurs, les oiseaux, le vent et la lune [*kachôfûgetsu*] – est ici transposé, avec un système métaphorique très cohérent, dans le domaine bouddhique et doctrinal. Le registre lyrique et élégiaque du *waka* (la poésie japonaise) de l'époque Heian se transforme alors en registre argumentatif et didactique. L'auteur n'exprime pas les concepts en tant que concepts, mais par les mots concrets. À notre avis, l'une des raisons de la fascination qu'exerce le *Trésor* se trouve dans ce style – poétique – dans lequel chaque mot concret, appartenant en particulier au domaine de la Nature, est revêtu d'un sens abstrait. Si, par exemple, la fleur figure si souvent au premier plan, il s'agit d'une fleur qui ne doit exister nulle part. Car, dans une certaine mesure, aucun mot poétique n'a d'objet, comme le disait Mallarmé : « la fleur poétique est l'absente de tous bouquets ».

Vers la fin du texte, l'image des êtres d'Éveil (<s>*bodhisattva*)* en pratique se dédouble dans la métaphore des poissons qui vont dans l'eau et des oiseaux qui volent dans le ciel. La vaste sphère de la pratique, le ciel sans limites pour les oiseaux et l'eau sans limites pour les poissons, nous ramène à la présence, ici et maintenant, de la vie. L'image des poissons et celle des oiseaux qui ne laissent aucune trace derrière eux nous évoque bien entendu la doctrine de la pratique de l'Éveil sans souillure [fuzen.na no shûshô]. Cependant, on pourrait se demander si l'écriture (le *Trésor*), en fin de compte, n'est pas une trace, trace du discours dont le locuteur n'est plus là. Précisons bien, le discours de l'Éveil chez Dôgen n'est pas une trace dans la mesure où la préposition « de » du « discours de l'Éveil » n'introduit pas un complément de propos, mais un génitif de possession.

« La réalisation du kôan comme présence » [« Genjô kôan »] fut rédigée vers le 15 du huitième mois de la première année de l'ère Tenpuku (1233) au monastère Kôshô-ji. Le manuscrit fut offert à Yôkôshû, disciple laïc de la province de Chinzei (département actuel de l'île de Kyûshû).

Au moment favorable [*jisetsu*][1] où les existants sont la Loi (<s>*dharma*, [*hô*])* de l'Éveillé, il y a l'Éveil (<s>*bodhi*, [*go*])* et l'égarement, il y a la pratique, il y a les naissances et les morts, il y a les éveillés (<s>*buddha*, [*butsu*]) et les êtres (<s>*sattva*, [*shujô*]) *.

Au moment favorable où les dix mille existants ne sont plus en moi, il n'y a ni Éveil ni égarement, il n'y a ni éveillés ni êtres, il n'y a ni apparaître ni disparaître[2].

Puisque la Voie de l'Éveillé outrepasse, dès l'origine, la plénitude et le manque, il y a l'apparaître et le disparaître, il y a l'Éveil et l'égarement, il y a les êtres et les éveillés[3].

1. Le terme sino-japonais *jisetsu* que nous traduisons par « le moment favorable » est composé de deux caractères : le *ji*, qui veut dire « le temps, le moment », et le *setsu*, qui signifie « l'articulation, la jointure, le nœud (des plantes), le rythme », etc. Le Temps dynamique tel que le conçoit Dôgen doit s'articuler [*setsu*] à chaque instant dans l'unité contradictoire de la continuité du temps linéaire [*ji*] et la discontinuité radicale qui doit se creuser au sein même de ce temps qui « paraît » s'écouler. Cf. « Le Temps qui est là » [« Uji »].

2. Comme Dôgen le développe, à la suite de ce quatrain initial, la distinction même de l'Éveil et de l'égarement est la cause de l'égarement. Dans la vraie Loi bouddhique (<s>*buddha-dharma*), l'Éveil et l'égarement, le samsâra et le Nirvâna ne font qu'un.

3. Précisons le mouvement logique ternaire de ces trois premiers versets, lesquels composent, avec le verset suivant, un quatrain initial : (1) le moment de l'affirmation, (2) le moment de la négation et (3) le moment de la négation de la négation.

Et bien que ce soit ainsi, les fleurs ne défleurissent que dans le regret de l'amour, et les herbes folles ne croissent que dans le rejet et la haine.[1]

L'égarement, c'est de pratiquer et attester[2] les dix mille existants à partir de soi ; l'Éveil, c'est de se laisser pratiquer et attester par les dix mille existants. Les éveillés font le grand Éveil avec l'égarement ; les êtres font le grand égarement à l'endroit de l'Éveil. Il y en a encore qui s'éveillent de l'Éveil et qui s'égarent dans l'égarement.

Lorsque les éveillés sont réellement éveillés, ils n'ont pas à savoir qu'ils sont les éveillés. Et pourtant, ils sont les éveillés attestés et avancent en attestant l'Éveillé. En relevant leur corps et leur cœur, ils perçoivent les formes-couleurs (<s>*rûpa*, [*shiki*])* et écoutent les sons. Bien qu'ils les appréhendent intimement, ce n'est pas comme une image logée dans un miroir, ce n'est pas comme la lune et l'eau. Où un côté s'éclaire, l'autre reste sombre.

Apprendre la Voie de l'Éveillé, c'est s'apprendre soi-même. S'apprendre soi-même, c'est s'oublier soi-même. S'oublier soi-même, c'est se laisser attester par les dix mille existants. Se laisser attester par les dix mille existants, c'est se dépouiller de son corps et de son cœur ainsi que du corps et du cœur de l'autre. Il y a la Trace de l'Éveil qui disparaît et

1. Dôgen exploite dans ce dernier verset du quatrain initial le cliché de la poésie extrême-orientale. Celui-ci dessine un grand chiasme avec les versets finaux dans lesquels le même thème de la Nature réapparaît avec l'apologie de la pratique : l'éventail qui produit du vent, ami des fleurs. Cf. *supra*, « La stylistique du *Trésor* ».

2. Le verbe « attester » [*shô*] a pour étymologie le sanscrit *sâkshât* (preuve, témoignage probatoire). En tant que substantif, le terme sino-japonais *shô* peut être aussi traduit par « réalisation » (de l'Éveil), l'*Éveil attesté*. Il s'agit d'un Éveil visible et objectif contrairement à l'Éveil – tout court – [*Kaku*, *Go*], qui est de l'ordre de la réalisation intérieure de soi.

demeure en repos, et on fait rejaillir constamment cette Trace [sans trace] de l'Éveil en repos.

Lorsque l'homme recherche la Loi pour la première fois, il s'en trouve éloigné de mille lieues. Lorsque la Loi est déjà transmise en lui avec justesse, il se trouve immédiatement tel quel.

Lorsque l'homme voyage en bateau et considère au loin la rive, il s'imagine la voir avancer. Si en revanche il attache son regard au bateau, il voit bien que c'est lui qui avance. De même, si l'on discerne et affirme les dix mille existants en s'y impliquant obstinément de corps et de cœur, on s'imagine à tort que son cœur [*shin*]* et sa nature sont constants. Si l'on suit intimement la Trace des éveillés qui est en soi et retourne en son propre lieu, on voit clairement la raison pour laquelle les dix mille existants ne lui appartiennent pas.

La bûche, une fois devenue cendre, n'a plus à redevenir une bûche. Et pourtant, ne considérez pas que la cendre est l'après et la bûche l'avant. Sachez-le, la bûche demeure dans son niveau de la Loi ([*hô.i*], <s>*dharma-niyâmatâ*,)*, dotée en elle-même de l'avant et de l'après. Et bien qu'il y ait l'avant et l'après, l'avant et l'après sont entrecoupés[1]. La cendre demeure dans son niveau de la Loi, dotée en elle-même de l'avant et de l'après. Comme cette bûche, une fois devenue cendres, ne redevient plus bûche, l'homme une fois mort ne revient plus à la naissance. De même, on apprend selon la Loi de l'Éveillé à ne pas dire que la naissance devient mort. C'est pourquoi on parle de « non-naissance »[2]. Que la mort ne

1. L'affirmation centrale dans la sotériologie dôgenienne. Puisque l'avant et l'après sont entrecoupés [*zengo saidan*], les êtres peuvent sortir de l'écoulement du temps linéaire, le cycle des naissances et des morts (<s>*samsâra*), pour accéder à la sphère du Présent – éternel – [*nikon*].

2. La non-naissance [*fu shô*] et la non-disparition [*fu metsu*] ne signifient

devienne pas naissance est un fait tel qu'il est établi selon la Rotation de la Roue de la Loi (<s>*dharma-cakra-pravartana*, [*tenbôrin*])*. C'est pourquoi on parle de « non-disparition ». La naissance aussi est un niveau [de la Loi] pour un temps ; la mort aussi est un niveau [de la Loi] pour un temps. C'est par exemple comme l'hiver et le printemps. On ne considère pas que l'hiver devient le printemps ; on ne dit pas non plus que le printemps devient l'été.

L'homme obtient l'Éveil comme la lune demeure au milieu de l'eau. La lune n'est pas mouillée, l'eau n'est pas brisée. Aussi large et vaste que soit sa clarté, elle demeure dans une petite nappe d'eau. La lune entière et le ciel entier demeurent aussi bien dans la rosée d'un brin d'herbe que dans une goutte d'eau. Le fait que l'Éveil ne brise pas l'homme est comme la lune qui ne perce pas l'eau. Le fait que l'homme n'entrave pas l'Éveil est comme une goutte de rosée qui n'entrave pas la lune au ciel. La profondeur doit être à la mesure de la hauteur[1]. Pour connaître la longueur ou la brièveté du moment favorable, il faut examiner la grandeur ou la petitesse d'étendue de l'eau, et discerner la largeur ou l'étroitesse de la lune au ciel.

Tant que la Loi n'a pas encore atteint sa plénitude dans le corps et le cœur, on la trouve déjà suffisante. Si la Loi imprègne le corps et le cœur, on y trouve quelque manque[2].

---

nullement la négation de la naissance et de la disparition en tant que phénomènes. Il s'agit d'un renversement de l'optique : c'est dans ce qui est en soi ni à naître ni à disparaître : l'absoluité du Présent, que nous observons le déploiement phénoménal.

1. Plus on avance et approfondit la connaissance de la Voie (l'Éveil), plus on découvre la hauteur et la vaste étendue de celle-ci. La quête de la Voie est sans limite. Rappelons aussi ce célèbre mot d'Einstein : « Plus on sait, moins on comprend. »

2. À l'encontre de l'idée reçue, le manque selon Dôgen, loin de s'y opposer,

Par exemple, lorsque, monté dans un bateau, on prend le large sur une mer sans montagnes autour et qu'on regarde dans les quatre directions, la mer paraît seulement ronde, et d'autres aspects n'apparaissent point. Cependant, cette vaste mer n'est ni ronde ni carrée, et on ne saurait jamais épuiser ses mérites retenus. Elle paraît comme un palais, comme un joyau. C'est seulement là où parvient mon œil qu'elle paraît ronde pour l'instant. Il en va de même pour les dix mille existants. Bien que ce monde de poussière ainsi que le monde au-delà de nos normes soient revêtus d'une multitude d'aspects, on ne les perçoit et ne les appréhende que dans la mesure où parvient la puissance de l'œil développée par les études. Pour entendre le vent des dix mille existants émaner leurs doctrines, sachez-le, outre les aspects rond ou carré, il reste encore d'inépuisables mérites aux mers et aux montagnes, et il existe des mondes aux quatre orients. Sachez-le, il en va de même non seulement pour ce qui nous entoure mais aussi pour ce qui nous touche directement et pour une goutte d'eau.

Les poissons nagent dans l'eau, et aussi loin qu'ils aillent, l'eau n'a point de limites. Les oiseaux volent dans le ciel, et aussi loin qu'ils volent, le ciel n'a point de limites. Cependant, ni les poissons ni les oiseaux n'ont jamais quitté l'eau et le ciel. Seulement, quand l'opération est grande, l'usage est grand ; quand l'opération est petite, l'usage est petit. C'est ainsi que chacun parcourt son espace tout entier, le traverse de part en part librement où il veut. Et pourtant, si les oiseaux

---

est le signe même de la plénitude. Seuls ceux qui ont atteint le stade de la plénitude éprouvent le manque et s'éveillent au « secret » qui les habite. Voici ce que Dôgen écrit dans « La parole secrète » (n° 45) : « Au moment favorable où l'on rencontre un homme, on entend précisément la parole secrète et on enseigne celle-ci. Quand on se connaît soi-même, on connaît la pratique secrète. »

quittaient le ciel, ils mourraient aussitôt ; si les poissons sortaient de l'eau, ils mourraient aussitôt. Sachez-le, la vie se fait vie par l'eau, et la vie se fait vie par le ciel. Il y a la vie qui se fait vie par l'oiseau ; il y a la vie qui se fait vie par le poisson[1]. L'oiseau doit se faire oiseau par la vie, et le poisson doit se faire poisson par la vie. On pourrait aller encore plus loin. Il en va de même pour la pratique et l'Éveil attesté, pour la longévité des pratiquants.

Cependant, si des poissons ou des oiseaux prétendaient aller dans l'eau et dans le ciel après en avoir parcouru toute l'étendue, ils ne devraient obtenir ni chemin ni lieu dans l'eau et le ciel. S'ils obtiennent ce lieu, le *kôan* se réalise comme présence suivant leur pratique quotidienne ; s'ils obtiennent ce chemin, voilà la réalisation du *kôan* comme présence suivant leur pratique quotidienne. Puisque ce chemin en question et ce lieu en question ne sont ni larges ni étroits, ni en moi ni dans l'autre, et qu'ils n'existaient pas avant ni ne commencent à se présenter maintenant, ils sont comme ils sont.

De même, si l'homme pratique et atteste la Voie de l'Éveillé, aussitôt qu'il obtient un existant (<s>*dharma*), il le pénètre ; aussitôt qu'il rencontre un objet de pratique, il le met en œuvre. Puisqu'il y a pour cela un lieu et que la Voie y pénètre jusqu'au bout, les limites de nos connaissances restent inconnaissables par le fait même que nos connaissances naissent en même temps et vont ensemble avec l'accomplisse-

1. Notons le jeu de caractères qui se dégage de ces quatre propositions : « la vie se fait vie par l'eau » [*i sui i myô*], « la vie se fait vie par le ciel » [*i kû i myô*], « il y a la vie qui se fait vie par l'oiseau » [*i chô i myô*] et « il y a la vie qui se fait vie par le poisson » [*i gyô i myô*]. À travers ce mouvement des caractères qui se déplacent et se combinent librement comme des particules, Dôgen met en relief, nous semble-t-il, l'interdépendance dynamique de ce qui vit et de ce qui fait vivre, de l'existant (les poissons et les oiseaux) et de son milieu (le ciel et l'eau).

ment total de la Voie de l'Éveillé[1]. Ne croyez pas que ce que vous avez obtenu devienne toujours le savoir et la vision qui vous appartiennent et que ce soit connu par vos facultés intellectuelles. Bien que l'Éveil attesté se réalise immédiatement comme présence, ce qui est là en secret ne se réalise pas toujours comme vision. Pourquoi la réalisation comme vision [*kenjô*][2] serait-elle toujours nécessaire ?

Maître Hôtetsu (Baoche)[3] au mont Mayoku (Mayushan) se servait d'un éventail lorsqu'un moine vint lui demander : « La nature du vent demeure constante et il n'est aucun lieu qu'elle ne remplisse ; pourquoi donc, Maître, vous servez-vous d'un éventail ? » Le maître dit : « Vous savez seulement que la nature du vent demeure constante mais vous ne savez pas encore la raison pour laquelle il n'est aucun lieu qu'elle ne remplisse. » Le moine dit : « Quelle est donc cette raison pour laquelle il n'est aucun lieu que la nature du vent ne remplisse ? » Alors le maître se remit à s'éventer et le moine s'inclina.

Voilà l'expérience de l'Éveil ainsi que le chemin vital de la transmission juste. Dire qu'il ne faut pas se servir d'éventail

1. Le verbe « aller ensemble » (<s>*sama*) souligne la parfaite contemporanéité de la connaissance acquise et de l'accomplissement total de la Voie de l'Éveillé. Autrement dit, la connaissance ne consiste nullement à obtenir ce qui existait déjà, mais elle est de l'ordre de la naissance concomitante de l'accomplissement total de la Voie de l'Éveillé. Voici ce que Dôgen écrit dans « Seul un éveillé avec un autre éveillé » [« Yuibutsu yobutsu »] (le texte supplémentaire n° 5) : « Si l'Éveil advient en puisant sa force dans ce que l'on pensait d'avance, cet Éveil-là ne doit pas être un Éveil prometteur. Comme il ne puise pas sa force dans ce qui existait avant lui et qu'il advient en le surpassant de très haut, l'Éveil est chose soutenue seulement par sa propre force. »

2. La réalisation comme vision [*Kenjô*] est le stade supérieur à la réalisation comme présence [*Genjô*]. Il s'agit de la vision de la Vision ou la vision de l'Éveil, laquelle s'inscrit dans la sphère de l'expression : l'acte d'affirmer effectivement ce qui est intérieurement acquis.

3. Disciple de Baso Dôichi (Mazu Daoi, 709-788). Ses dates de naissance et de mort restent inconnues. Comme son maître, Hôtetsu (Baoche) résidait au mont Mayoku (Mayushan), au sud-ouest de l'actuel Shanxi.

puisque la nature du vent demeure constante et qu'il faut aussi écouter le vent lorsqu'on ne s'évente pas, c'est ne connaître ni la constance ni la nature du vent. Puisque la nature du vent demeure constante, le vent de la maison[1] de l'Éveillé fait se réaliser la vaste terre d'or et fermenter la crème des longs fleuves.

« La réalisation du kôan comme présence » [« Genjôkôan »], le texte n° 1 de *La Vraie Loi, trésor de l'Œil* [*Shôbôgenzô*].

Rédigé vers la mi-automne de la première année de l'ère Tempuku (1233), et offert au disciple laïc Yôkôshû de la province de Chinzei.

Compilé la quatrième année de l'ère Kenchô (1252).

1. En raison du système métaphorique extrêmement cohérent, nous avons préféré traduire littéralement le terme sino-japonais *kafû* par « le vent de la maison ». Le vent est l'ami des fleurs, et les fleurs désignent métaphoriquement l'objet de la trituration [nen] par la main de l'Éveillé-Shâkyamuni, à savoir tous les existants phénoménaux et en particulier le langage. Le terme *kafû* est habituellement traduit par la « doctrine » (de l'école).

Zazengi

La manière de la méditation assise

La méditation assise [*zazen*] est au centre de l'enseignement de l'école Zen. Pourtant, ce principe est souvent mal compris : « Peu de gens comprennent [écrit Dôgen dans « Le roi du samâdhi en samâdhi » (n° 66)] que la méditation assise est la Loi de l'Éveillé et que la Loi de l'Éveillé est la méditation assise. Même s'il y a des gens qui comprennent par leur propre expérience que la méditation assise est la Loi de l'Éveillé, il n'y en a aucun qui connaisse que la méditation assise est la méditation assise. » On se demande alors ce qu'est la méditation assise. Voici la parole du maître Nyojô que l'auteur cite à maintes reprises dans l'ensemble de ses œuvres : « La pratique de la méditation assise consiste à se dépouiller du corps et du cœur. Seuls ceux qui méditent en étant assis tout simplement [*Shinkan taza*] peuvent obtenir ce dépouillement. »

L'autonomie de la méditation assise dont parle le maître Nyojô est confondue, jadis et maintenant, avec une idée d'exclusivité. D'où, par exemple, la question naïve que certains se posent à propos de l'attitude apparemment contradictoire de Dôgen : « Pourquoi l'homme qui a "exclusivement" [*shikan*] préconisé la méditation assise [*taza*] sur la Voie de l'Éveillé a-t-il écrit tant et tant de livres ? » Si, en revanche, la méditation assise [*taza*] consiste à méditer sur rien en position assise – non pas « exclusivement », mais « tout simplement » [*shikan*] dans la gratuité totale de l'être et dans la simplicité de A=A : « La méditation assise est la méditation assise » –, cette pratique ne s'oppose rigoureusement à rien. Bien au contraire, elle doit englober toutes les activités et tous les mouvements de l'homme.

En tant que source de tout l'agir humain, la méditation assise doit être essentiellement la pratique du Non-faire. Rappelons le célèbre épisode relaté dans la *Chronique de Kenzei*[1] : lors de la retraite d'été de la première année de l'ère Hôkyô (Baoqing, 1225) sous la dynastie des Song, Dôgen réalisa l'Éveil, en entendant tout à coup la voix de tonnerre du maître Nyojô. Celui-ci gronda un moine endormi pendant la méditation assise, pratiquée entre trois heures et cinq heures du matin. « La méditation assise, dit Nyojô, consiste tout simplement [*shikan*] à se dépouiller du corps et du cœur. Comment se fait-il que toi, tu ne fais que [*shikan*] dormir ? » La pratique du Non-faire, qui fait l'essence de la méditation assise, ne doit être soumise à aucune fin extérieure et à aucune activité autre qu'elle, y compris dormir.

Contrairement aux « Maximes de la méditation assise » [« zazen shin »] (n° 12), un exposé spéculatif de grande envergure, « La Manière de la méditation assise » [« Zazengi »] est l'un des textes les plus courts et les plus simples du *Trésor*. Il fut exposé au onzième mois de la première année de l'ère Kangen (1243) au temple Yoshimene dera[2]. Il est classé le onzième texte de l'ancienne édition [*kyûsô*].

1. Une biographie de Dôgen qui fut compilée vers 1472 par Kenzei (1415-1474), le quatorzième patriarche du temple de la Paix éternelle [Eihei-ji].

2. Le temple qui se situe à mi-pente de la montagne où se trouve le monastère de la Paix éternelle. C'est là que Dôgen séjourna environ un an – du septième mois de la première année de l'ère Kangen (1243) au septième mois de

La pratique du Zen est la méditation assise [*zazen*].

Pour la méditation assise, il faut choisir un endroit calme. Le tapis doit être épais. Évitez que le vent et la fumée pénètrent dans le lieu de la méditation assise. Il ne faut pas non plus laisser y entrer la pluie ou la rosée. Gardez bien le sol où vous mettez le corps. Jadis, [l'Éveillé-Shâkyamuni] s'assit sur le siège de diamant[1], et d'autres s'assirent sur la banquette de pierre. Ils s'assirent tous sur une épaisse couche d'herbe. Là où l'on est assis, il doit faire bon, il ne faut pas qu'il y fasse sombre, ni jour, ni nuit : la chaleur pour l'hiver, et la fraîcheur pour l'été, voilà la bonne règle.

Quittez toutes vos idées et toutes vos activités, et faites le repos total. Ne pensez ni le bien ni le mal. Il ne s'agit ni du cœur (<s>*citta*, [*shin*]), ni du mental (<s>*manas*, [*I*]) ni de la conscience (<s>*vijnâna*, [*shiki*]) ; il ne s'agit non plus ni de la commémoration (<s>*smrti*, [*nen*])[2], ni de la représentation

l'année suivante – en attendant la construction de son nouveau monastère dans le domaine de son disciple laïc Yoshishige Hatano.

1. Autrement appelé le « trône de trésor » : l'herbe sur laquelle Shâkyamuni était assis lors de sa réalisation de l'Éveil au pied d'un pippal (l'arbre de l'Éveil, <s>*bodhi-druma*), cf. § 2 186.

2. D'autres sens du terme sino-japonais *nen* : fixation d'attention, fait de garder en mémoire, opération de pensée, la plus brève activité psychique, instant.

(<s>*samjnâ*, [*sô*])[1], ni de la contemplation (<s>*vipasyanâ*, [*kan*])[2]. N'ayez pas l'intention de vous faire l'Éveillé, mais dépouillez-vous de l'idée d'être assis ou couché.

Évitez les excès de nourriture et de boisson, et tenez au temps qui s'envole. Aimez la méditation assise comme si on éteignait les étincelles qui tombent sur la tête [d'urgence]. Goso (Wuzu Fayan) au mont de Pruniers jaunes [Ôbaisan] (Huangmei shan)[3] n'avait pas d'autre occupation que la méditation assise à laquelle il s'adonnait.

Au moment de la méditation assise, portez la robe de l'Éveillé et asseyez-vous sur un coussin. Ne vous y mettez pas avec le buste entier, mais seulement à partir de la dernière moitié de vos jambes croisées. Ainsi le dessous de vos jambes croisées touche-t-il le tapis, et votre coccyx repose-t-il sur le coussin. Voilà la méthode selon laquelle les éveillés et les patriarches s'asseyent lors de la méditation assise.

On s'assied ou bien à la posture *Hanka fuza*, ou bien à la *Kekka fuza*. Dans la *Kekka fuza*, on pose le pied droit sur la cuisse gauche, puis le pied gauche sur la cuisse droite. La pointe de chaque pied doit se trouver à la hauteur des cuisses, ni plus ni moins élevée que celles-ci. Dans la *Hanka fuza*, on pose seulement le pied gauche sur la cuisse droite.

1. Le terme sino-japonais *sô* (<s>*samjnâ*) peut être aussi traduit par la « perception ». Il s'agit de l'un des cinq agrégats (<s>*skandha* [*go.un*]) constituant – de façon provisoire – ce que l'on appelle la « personne ».

2. Autre traduction possible du terme sino-japonais *kan* (<s>*vipasyanâ*) : « l'observation » – en état de quiétude.

3. Goso Hôen (Wuzu Fayan, mort en 1104), successeur de Kaie Shutan (Haihui Shouduan) et descendant de la lignée Rinzai (Linji). Devenu moine à vingt-cinq ans, Goso entreprit d'abord des études à l'école Rien-que-conscience. L'appellation *Goso* (Wuzu) vient du nom de la montagne Goso (Wuzu) où demeurait le cinquième patriarche. Parmi ses disciples éminents, on trouve Engo Kokugen (Huanwu Keqin, 1063-1135).

Ajustez la robe et le kesa[1] pour qu'ils soient larges et bien droits. Posez la main droite sur le pied gauche, puis la main gauche sur la main droite. Les pointes de vos deux pouces s'appuient l'une contre l'autre. Mettez vos mains ainsi disposées près du corps, et la pointe de vos pouces jointes contre le nombril.

Tenez-vous assis, le buste bien droit. Ne vous inclinez ni à gauche ni à droite, ni vers l'avant ni vers l'arrière. Alignez toujours les oreilles et les épaules, le nez et le nombril. Mettez la langue sur le palais. Respirez par le nez. Les lèvres et les dents doivent se toucher. Les yeux doivent être ouverts ; ne les écarquillez pas ni ne les plissez. Lorsque le corps et le cœur sont ainsi bien mis en ordre, poussez un grand souffle.

En restant immobile, assis sur le sol, on pense la Non-pensée [fushiryô]. Comment peut-on penser la Non-pensée ? C'est par la négation de la pensée [hi shiryô][2]. Voilà l'art et la méthode de la méditation assise.

1. Tissu rectangulaire que les moines mettent au-dessus de la robe, dans le sens de l'épaule gauche à l'aisselle droite. Le kesa peut aussi désigner la robe de l'Éveillé.

2. Évocation du dialogue du maître Yakusan Igen (Yaoshan, 751-834) avec un moine : « Lorsque le maître Yakusan méditait en position assise, un moine lui demanda un jour :
"Que pensez-vous en restant immobile, assis au sol ?"
Le maître dit :
"Je pense [*shiryô*] la Non-pensée [*fu shiryô*]."
Le moine demanda :
"Comment peut-on penser la Non-pensée ?"
Le maître dit :
« Par la négation de la pensée [*hi shiryô*]." »
L'intérêt de ce dialogue semble tenir dans la subtile différence sémantique qui existe entre les deux suffixes de négation sino-japonais *fu* et *hi* précédant le substantif *shiryô* (la pensée). Le caractère sino-japonais *fu* indique l'absence de la chose niée, tandis que le *hi* suggère une différence de niveau. Quand on pense la Non-pensée [*fu shiryô*], on pense dans l'absence [*fu*] de toute pensée analytique et discriminatoire. La Non-pensée désigne donc la pensée qui se pense elle-même, pleinement autonome. La pensée n'est plus alors « pensée », puisqu'elle n'est plus l'objet du sujet pensant extérieur à elle.

La méditation assise ne consiste pas à apprendre le Zen. Elle est la porte de la Loi qui s'ouvre vers la grande félicité, la pratique de l'Éveil sans souillure[1].

« La Manière de la méditation assise » [« Zazengi »], le texte n° 11 de *La Vraie Loi, trésor de l'Œil* [*Shôbôgenzô*].

Exposé au onzième mois de la première année de l'ère Kangen (1243) au temple Yoshimine dera au département de Yoshida de la province d'Etsu.

1. La pratique de l'Éveil sans souillure [*fuzen.na no shûshô*] est l'un des concepts fondamentaux dans la pensée de Dôgen. L'expression figure initialement dans le dialogue entre Nangaku Ejô (Nanyue Huairang, 677-744) et le sixième patriarche chinois Daikan Enô (Dajian Huineng, 638-713) : « Enô dit : "Présupposez-vous la pratique et l'Éveil ?" Nangaku dit : "La pratique et l'Éveil ne sont pas originellement inexistants. Seulement, il ne faut pas les souiller." Enô dit : "Cette non-souillure est ce que les éveillés maintiennent. Toi aussi, tu es tel quel, moi aussi, je suis tel quel, et les patriarches du ciel de l'ouest (l'Inde) sont aussi tels quels." »

Uji

Le Temps qui est là[1]

« Le Temps qui est là » [« Uji »] est un texte particulièrement séduisant du *Trésor* aux yeux de nos contemporains. Son actualité réside bien évidemment dans sa conception originale d'une identité du temps [*u*] et de l'existence [*ji*], une thématique qui sera aussi celle de Heidegger dans son maître-ouvrage, *Sein und Zeit* [*Être et Temps*].

L'existence (l'être-là [*u*]) est le temps, et le temps est l'existence. Une telle conception existentielle du temps va, bien entendu, à l'encontre de l'opinion commune selon laquelle le temps serait distinct de l'existence, voire opposé à elle, et le temps s'écoulerait à l'extérieur de chaque existant. Le temps passe aux yeux du commun des mortels dans le sens unilatéral du passé au présent et du présent au futur. Selon la doctrine bouddhique, cet écoulement linéaire et irréversible du temps – le cycle des naissances et des morts (<s>*samsâra*)* – est la cause des quatre souffrances (<s>*duhkha*) de l'homme : la naissance, la vieillesse, la maladie et la mort.

1. Le titre sino-japonais « Uji » est composé de deux caractères : le caractère *u* ou *yû* (<s>*bhâva*) qui veut dire « être-là, existence, il y a », et le *ji* (<s>*kâla*) qui désigne le temps – linéaire – en tant qu'objet de mesure, lequel se divise, selon la convention du monde, en trois temps : le passé, le présent et le futur. La réflexion de Dôgen autour de ce terme sino-japonais *Uji* (ou *Yûji*) prend pour point de départ ce paradoxe du Temps [*ji*] qui est là [*u*] : le temps – linéaire – qui « paraît » s'écouler tout en étant là comme un existant.

Cependant, la notion même des trois temps n'est pour Dôgen qu'une convention que l'homme établit provisoirement pour voir et mesurer le temps, à la manière dont un peintre traditionnel peut représenter un paysage réel d'après la loi de vraisemblance. Comme la perspective en tant que loi de la vraisemblance n'a pas de réalité substantielle en soi, la distinction provisoire des trois temps qui apparaissent et disparaissent dans le Temps qui est là [*uji*] n'a en soi pas de consistance : le passé n'est plus là, le futur n'est pas encore ; le présent est l'unique temps qui existe réellement[1]. L'auteur nous invite alors à comprendre que ce « paraître » du Temps est justement un « paraître ». Comme ce dernier est de l'ordre de la perception, la question du sujet – qui voit ce temps s'écouler – occupe une place centrale. C'est dans ce Temps qui est là, c'est-à-dire dans ce moi qui est là en tant qu'existant, que les trois temps apparaissent, disparaissent et se métamorphosent en une multitude de figures différentes. Le Temps qui est là [*uji*], Temps dynamique identique à l'existence, doit donc être regardé de tous les côtés, tout comme la vue panoramique d'un paysage, dans la compénétrabilité plénière du passé, du présent et du futur.

Dans la finale du texte, la problématique se déplace de l'univers du phénomène à celui du langage. Car, selon Dôgen, le langage est structuré comme le temps. Bâti sur le conven-

1. Méfions-nous néanmoins de la survalorisation du présent, l'un des traits caractéristiques qui se dégage de la philosophie contemporaine du Zen. Si Dôgen affirme que le temps est l'existence – avec sa valeur de présence –, ce n'est jamais au détriment du temps linéaire et du sens historique de la Voie de l'Éveillé. Voici ce que Dôgen note sur le sens dynamique du Temps qui est là : « Si vous considérez que le présent est éphémère, que le futur n'est pas encore et que le passé n'est plus là, n'oubliez jamais de dire la raison pour laquelle le véritable pas encore est la Totalité du passé, du présent et du futur. » (« Annonciation » [« Juki »], n° 21).

tionnel, le langage n'a pas de consistance en soi tout en se réalisant à chaque instant comme présence – présence du texte ou de la parole – à travers la perpétuelle non-coïncidence avec soi-même : le jeu du parvenir et du ne pas parvenir du mot et du sens.

« Le Temps qui est là » [« Uji »] fut rédigé le premier jour du dixième mois de la première année de l'ère Ninji (1240) au monastère Kôshô-ji. Il ne fit jamais l'objet d'une instruction collective. Il est classé le vingtième des textes de l'ancienne édition [*Kyûsô*].

Un ancien éveillé[1] dit :

« Le Temps qui est là se dresse sur les hautes cimes des monts ;

le Temps qui est là s'enfonce dans les tréfonds des mers ;

le Temps qui est là est Ashura à trois têtes et huit bras[2] ;

le Temps qui est là est les statues de l'Éveillé à seize ou à huit pieds[3] ;

le Temps qui est là est la canne [des moines] et le chasse-mouches [du maître] ;

le Temps qui est là est les piliers et les lanternes ;

le Temps qui est là est le troisième fils de Chô (Zhang) et le quatrième fils de Li[4] ;

1. Il s'agit du maître Yakusan Igen (Yaoshan, 751-834), successeur de Sekitô Kisen (Shitou, 700-790).

2. Une divinité à l'origine indienne dotée d'un esprit guerrier. Le bouddhisme lui attribua un caractère de Titan rival des dieux et équivoque, avec des traits bons et d'autres mauvais. *Ashura* est classé parmi les huit catégories d'êtres faisant l'objet de conversion par la prédication de l'Éveillé. Cf. *I.C.*, § 2 268.

3. La taille de la statue de l'Éveillé se transforme selon qu'elle représente l'Éveillé debout (à seize pieds) ou l'Éveillé assis (à huit pieds). Cette transformation des tailles de statues de l'Éveillé évoque l'extension et la contraction du Temps qui est là [*uji*], Temps non pas en tant qu'objet de mesure, mais Temps existentiel comme objet de conscience humaine.

4. Chô (Zhang) ainsi que Li sont des noms de famille très fréquents en Chine. Dôgen emploie souvent cette expression métonymique pour désigner la chose ordinaire qui existe un peu partout.

le Temps qui est là est la vaste terre et le méta-espace (<s>*âkâça*, [*kokû*])*. »

Le Temps qui est là veut dire que le temps est déjà l'être-là et que tous les êtres-là sont le temps. Le corps doré de l'Éveillé à seize pieds n'est autre que le temps, et puisqu'il est le temps, il est revêtu de la splendeur et de la claire Lumière du temps. Faites les études selon les douze heures[1] de ce présent. Ashura à trois têtes et huit bras n'est autre que le temps. Puisqu'il est le temps, il doit être identique aux douze heures de ce présent. Bien que personne n'ait jamais mesuré ni l'extension ni la contraction des douze heures, on les appelle douze heures. Puisque la trace et la direction de leurs passer et venir sont claires, on n'en doute pas, mais n'en pas douter, cela ne veut pas dire qu'on les connaisse. Puisque, par nature, les êtres ne doutent pas de chaque chose, de chaque fait qu'ils ne connaissent pas de la même manière, la méthode précédente par laquelle ils en doutaient ne correspond pas toujours au doute de ce présent. Seulement, le doute est le temps provisoirement.

Il faut voir que cet univers entier se présente comme tel du moment que je [*ware*] m'y place moi-même et que chaque tête, chaque chose de cet univers entier sont le temps. Si les choses ne s'entravent pas les unes les autres, c'est comme si les temps ne s'entravaient pas les uns les autres. C'est pourquoi il y a la pensée de l'Éveil (<s>*bodhi-citta*, [*hosshin*])* qui se déploie en même temps ; c'est le temps qui se déploie dans la même pensée de l'Éveil. Il en va de même pour la pratique et la réalisation de la Voie. C'est en m'y plaçant moi-même que je les vois. Voilà la raison pour laquelle le Soi [*jiko*][2] est le temps.

1. La totalité d'une journée (de 0 h à minuit). Celle-ci est divisée en douze parties par les douze animaux du zodiaque chinois. Voir la note n° 1, p. 69.

2. Dôgen emploie le pronom sino-japonais *ware* ou *ga* pour désigner la

Il faut apprendre que c'est pour cette raison qu'il existe sur la terre entière dix mille phénomènes et cent herbes et que chaque phénomène et chaque herbe possèdent cette terre entière. La méditation de la sorte est le premier pas de la pratique. Lorsqu'on atteint ainsi un terrain propice, chaque herbe est telle quelle et chaque phénomène est tel quel ; le phénomène coïncide et ne coïncide pas avec le phénomène ; l'herbe coïncide et ne coïncide pas avec l'herbe. Puisqu'il n'y a que ce juste-moment-tel-quel, les temps qui sont là sont tous le Temps entier, les herbes qui sont là et les phénomènes qui sont là sont tous ensemble le Temps. C'est dans ce Temps des temps qu'existent l'être-là entier et l'univers entier. Réfléchissez pour l'instant s'il existe ou non l'être-là entier, l'univers entier qui auraient échappé à ce Temps du présent.

Cependant, selon le point de vue du moment où le commun des mortels n'apprend pas la Loi de l'Éveillé, il s'imagine, en entendant le mot *Temps qui est là*, que celui-ci est devenu tantôt Ashura à trois têtes et huit bras, tantôt des statues de l'Éveillé à seize ou à huit pieds. C'est par exemple comme s'il avait traversé un fleuve et une montagne[1]. Bien qu'existent à présent [*ima*] ce fleuve et cette montagne, moi qui les ai traversés je me trouve à présent dans un palais ; le fleuve et les montagnes et moi, s'imagine-t-on, sont [aussi éloignés que] le ciel et la terre.

Et pourtant, tout ne s'explique pas pour cette raison. Je veux dire que quand je montais sur cette montagne et traversais ce fleuve, il y avait le moi. Il doit donc exister le temps en moi. Puisque le moi est déjà là, le temps ne doit pas s'en

---

première personne au singulier dans le sens de « je », ou « (le) moi », et le *jiko* pour désigner le « Soi ».

1. Le Temps dynamique se métamorphose comme le paysage qui change quand on se déplace.

aller. Si le temps n'est pas sous l'aspect du passer et venir, le temps où je montais la montagne est ce Présent [*nikon / shikin*][1] du Temps qui est là. Si le temps conserve l'aspect du passer et venir, c'est en moi qu'existe ce Présent du Temps qui est là, voilà le Temps qui est là. Ce temps-là où je montais la montagne n'absorbe-t-il pas complètement ce temps-ci où je me trouve dans le palais ; ne rejaillit-il pas complètement sur lui ?

Ashura à trois têtes et huit bras est le temps d'hier ; l'Éveillé à seize ou à huit pieds est le temps d'aujourd'hui. Pourtant, la raison de ce temps d'hier et de ce temps d'aujourd'hui ne se révèle qu'au moment favorable où je pénètre directement au sein des montagnes et y promène un regard panoramique sur mille et dix mille cimes de monts. Le temps n'est pas parti. Ashura à trois têtes et huit bras est aussi mon temps qui est là et fait un parcours ; bien qu'il se trouve de l'autre côté, il est ce Présent. L'Éveillé à seize ou à huit pieds est aussi mon temps qui est là, et fait un parcours ; bien qu'il se trouve au loin, il est ce Présent.

Si cela est ainsi, le pin est aussi le temps, le bambou est aussi le temps. Il ne faut pas considérer que le temps est seulement une chose qui passe. Il ne faut pas penser non plus que passer soit seulement la fonction du temps. Si l'on confiait le fait de passer seulement au temps, il devrait exister une lacune. Ceux qui ne prêtent pas l'oreille à l'expression du Temps qui est là, ce sont les gens qui croient que le temps ne fait que passer. En un mot, tous les êtres-là de cet univers

1. Comme le cas mentionné dans la note n° 2, p. 65, on peut établir une terminologie rigoureuse en ce qui concerne le mot *ima* qui désigne le présent – linéaire » tel qu'il est conçu selon la convention du monde – et le mot composé *nikon* ou *shikin* qui désigne le Présent – éternel – qui est là en tant que Totalité dynamique du passé-présent-futur.

entier sont les temps continus. Puisqu'il s'agit du Temps qui est là, c'est à moi qu'appartient ce Temps qui est là.

Le Temps qui est là a pour vertu de parcourir [en soi-même] [*kyôryaku*][1]. C'est-à-dire qu'il parcourt d'aujourd'hui à demain, d'aujourd'hui à hier, d'hier à aujourd'hui, d'aujourd'hui à aujourd'hui, de demain à demain. C'est parce que le parcourir [en soi-même] est la vertu du temps.

Bien que les temps du passé et du présent ne se superposent ni ne s'accumulent, Seigen (Quingyuan)[2] est aussi le temps, Ôbaku (Huangpo)[3] est aussi le temps ; Kôzei (Jiangxi)[4] est aussi le temps, Sekitô (Shitou)[5] est aussi le temps. Puisque le moi et l'autre sont déjà le temps, la pratique et l'Éveil attesté sont le temps. S'enfoncer dans la boue et se plonger dans l'eau [afin de prêcher la Loi pour le salut des êtres] sont également le temps. Bien que la perception actuelle du commun des mortels ainsi que les relations circonstancielles (<s>*nidâna*, [*in.nen*])* de cette perception soient telles qu'elles sont perçues par le commun des mortels, ce n'est pas la Loi (<s>*dharma*, [*hô*]) qui est au service du commun des mortels ; c'est la Loi qui produit provisoirement les relations circonstancielles chez le commun des mortels. Et puisque le commun des mortels

1. Le terme sino-japonais *kyôryaku* est composé de deux caractères : le *kyô* qui signifie « le fil vertical du tissage », et le *ryaku*, « le calendrier ». Le *Grand Dictionnaire des termes bouddhiques* de Hajime Nakamura définit le sens de ce terme *kyôryaku* comme le principe de succession dans le temps. Seulement, le temps est ici identifié à l'existence, d'où notre traduction : « (le) parcourir (en soi-même) ».

2. Seigen Gyôshi (Quingyuan, mort en 740), disciple du sixième patriarche Daikan Enô (Dajian Huineng, 638-713).

3. Ôbaku Kiun (Huangpo, mort entre 855-859), disciple de Hyakujô Ekai (Baizhang Huaihai, 720-814).

4. Kôzei Shitetsu (Jiangxi, 709-788), disciple du sixième patriarche Daikan Enô (Dajian Huineng).

5. Sekitô Kisen (Shitou, 700-790), disciple de Seigen Gyôshi (Quingyuan).

apprend que, dans ce temps-ci, cet être-là n'est pas la Loi (<s>*dharma*, [*hô*]), il considère que le corps doré de seize pieds n'est pas lui. Essayer de se dérober en se disant : « Moi, je ne suis pas le corps doré de seize pieds » est aussi l'un des fragments du Temps qui est là, le point que le maître incite à regarder ceux qui n'ont pas encore réalisé l'Éveil.

Ce qui fait exister le cheval et le mouton[1] disposés à présent dans le monde, c'est la montée et la descente, le haut et le bas du niveau de la Loi (<s>*dharma-niyâmatâ*, [*hô.i*]) demeurant tel quel. Le rat est aussi le temps, le tigre est aussi le temps ; les êtres sont aussi le temps, les éveillés sont aussi le temps. C'est dans ce temps qu'on atteste l'univers entier avec trois têtes et huit bras et qu'on atteste l'univers entier avec le corps doré de l'Éveillé de seize pieds. Pénétrer l'univers entier avec l'univers entier, c'est ce qu'on appelle : pénétrer jusqu'au fond. Lorsqu'on fait du corps doré de seize pieds le corps doré de seize pieds, le premier déploiement de la pensée de l'Éveil, la pratique, l'Éveil et le Nirvâna [*nehan*]* se réalisent comme présence, voilà l'être-là, voilà le temps. Lorsqu'on pénètre jusqu'au fond le Temps entier avec l'être-là entier, il n'y aurait pas d'excès, puisque l'excès n'est autre que l'excès[2]. Même si

1. Dans la tradition culturelle sino-japonaise, les douze directions, les douze mois de l'année ainsi que les douze « parties » d'une journée sont désignés par les animaux du zodiaque chinois : le rat, le boeuf, le tigre, le lapin, le dragon, le serpent, le cheval, le mouton, le singe, le poulet, le chien et le sanglier. S'agissant ici de l'espace, le cheval désigne le Sud, le mouton, le Sud-Ouest, le rat, le Nord et le tigre, le Nord-Est. En mettant en valeur l'ingéniosité du zodiaque chinois portant à la fois sur la cartographie et le calendrier lunaire, Dôgen évoque l'interférence du temps et de l'espace.

2. L'acte de pénétrer jusqu'au fond n'introduirait jamais la notion d'excès, puisque la sphère de l'existence – identique au temps – est sans lacune, sans extériorité. L'excès n'y aurait pas de place en tant qu'excès. Ici, Dôgen semble nous mettre en garde contre la confusion courante des deux notions : « pénétrer jusqu'au fond » qui consiste à aller à l'extrême pour connaître la vérité de soi et « avoir l'excès (*excedere*) » qui signifie « sortir de, dépasser ».

l'on ne pénètre que la moitié du Temps qui est là, cette moitié du Temps qui est là se pénètre jusqu'au fond. Même une étape apparemment manquée est aussi l'être-là. Si on s'en remet à elle encore, elle est le niveau du Temps qui est là, y compris l'avant et l'après où le manquement se réalise comme présence. Demeurer au niveau de la Loi est plein de vitalité, voilà le Temps qui est là. Ne dites pas que c'est le non-être, ne vous forcez pas non plus à dire que c'est l'être[1].

Les gens du monde supposent seulement que le temps passe à sens unique, et ils ne comprennent pas que le temps est ce qui ne parvient pas encore. Bien que la compréhension soit le temps, il n'y a pas de relations qui l'attirent vers l'autre[2]. En considérant que le temps est le passer et venir, personne n'arrive à percevoir que demeurer au niveau [de la Loi] est le Temps qui est là. Comment pourrait-il y avoir [pour eux] le temps de franchir le seuil ? Même s'ils reconnaissent ce qu'est demeurer au niveau [de la Loi], qui d'entre eux pourrait exprimer ce tel quel déjà obtenu et qui se maintient ? Même ceux qui ont jadis exprimé ce tel quel ne recherchent jamais à tâtons ce qui se présente maintenant devant leurs yeux. Si l'on s'en remettait au Temps qui est là tel qu'il est perçu chez le commun des mortels, l'Éveil ainsi que le Nirvâna

1. Le Temps dynamique – identique à l'existence – est là tout en devenant à chaque instant autre que soi. Il est, il n'est pas, il est à la fois l'être et le non-être, et il n'est ni l'être ni le non-être. Notons bien que la structure du Temps dynamique tel qu'il est conçu chez Dôgen correspond exactement au schème logique du tétralemme indien définissant le mode d'existence comme suit : (1) ceci est A, (2) ceci est non A, (3) ceci est à la fois A et non A, (4) ceci n'est ni A ni non A. Vers la fin du texte viendra le *kôan* du maître Kisei (Yexian Yuisheng), *kôan* qui suit le schème logique du tétralemme indien, mais situé dans les contextes du Temps dynamique qui est là [*uji*].

2. La compréhension en tant qu'existant est aussi le temps. Elle n'est pourtant pas toujours dotée de l'altérité intrinsèque au Temps dynamique. Au lieu d'être évolutive, attirée par l'autre, elle peut rester figée, renfermée en elle-même.

ne seraient que le Temps qui est là ayant seulement l'aspect du passer et venir.

En général, sans se laisser capturer ni par le filet ni dans la cage, le Temps qui est là se réalise comme présence. Les rois du ciel ainsi que la foule des divinités qui se réalisent maintenant comme présence à droite et à gauche sont le Temps qui est là dans lequel mes forces pénètrent maintenant jusqu'au fond. La foule des temps qui sont là, hors du ciel, sur l'eau et sur la terre se réalise maintenant comme présence où mes forces pénètrent jusqu'au fond. Diverses espèces et divers êtres qui sont le Temps qui est là dans le royaume des ombres [le monde invisible] et dans le royaume des lumières [le monde visible] sont tous la réalisation comme présence de mes forces qui pénètrent jusqu'au fond, le parcourir [en soi-même] de mes forces qui vont jusqu'au fond. Il faut apprendre que si cela n'était pas le parcourir [en soi-même] de mes forces qui vont maintenant jusqu'au fond, aucun existant (<s>*dharma*, [*hô*]), aucune chose ne se réaliserait comme présence ni ne parcourrait [en soi-même].

Il ne faut pas croire que ce qui est appelé le parcourir [en soi-même] ressemble au vent et à la pluie qui passent de l'est à l'ouest. L'univers entier n'est ni immuable ni irréversible, il est le parcourir [en soi-même]. Le parcourir [en soi-même] est, par exemple, comme le printemps ; le printemps est revêtu de la multitude des aspects, c'est ce qui est appelé le parcourir [en soi-même]. Il faut comprendre que le parcourir [en soi-même] s'effectue en l'absence de chose extérieure. Par exemple, le parcourir [en soi-même] du printemps parcourt toujours le printemps. Bien que le parcourir [en soi-même] ne soit pas le printemps, le printemps est le parcourir [en soi-même], et c'est pourquoi le parcourir [en soi-même] réalise à présent la Voie dans le temps du printemps. Examinez cela avec attention. Si, en entendant le mot *parcourir* [en soi-même], vous vous imaginez à tort que l'objet [à parcourir] étant à l'extérieur, l'existant (<s>*dharma*, [*hô*]) capable de parcourir traverse des centaines et des milliers de mondes en direction de l'est, et passe des millions et des dizaines de millions d'éons, c'est parce que vous ne vous adonnez pas uniquement aux études de la Voie de l'Éveillé.

Le maître Yakusan (Yaoshan), sur le conseil de son maître Musai (Wuji), s'en fut un jour interroger le maître Daijaku (Jiangxi Daji)[1] : « Je me suis instruit, dit-il, presque parfaitement dans les doctrines des trois véhicules (<s>*tri-yâna*, [*sanjô*])* ainsi que les douze catégories des écritures[2]. Pourquoi le patriarche Bodhidharma est-il venu de l'ouest ? » À cette question, Daijaku répondit :

« Le Temps qui est là lui [à Bodhidharma] fait hausser les sourcils et cligner les yeux.

Le Temps qui est là ne lui fait pas hausser les sourcils ni cligner les yeux.

Le Temps qui est là lui fait hausser les sourcils et cligner les yeux, c'est cela [*ze*][3].

1. Le maître Kôzei Daijaku (Jiang Daji), appellation honorifique de Baso Dôichi (Mazu, 709-788), disciple de Nangaku Ejô (Nanyue Huairang, 677-744).

2. La totalité de l'enseignement bouddhique est divisée en douze catégories : (1) les écritures saintes en prose <s>*sûtra*, (2) les écritures saintes en vers <s>*geya*, (3) l'annonciation (la prophétie) <s>*vyâkarana*, (4) les stances <s>*gâthâ*, (5) les soliloques de l'Éveillé <s>*udâna*, (6) les relations circonstancielles ou les liens causaux <s>*nidâna*, (7) les paraboles <s>*avadâna*, (8) l'hagiographie <s>*itivrttaka*, (9) l'histoire des vies antérieures de l'Éveillé <s>*jâtaka*, (10) les soutras du Grand Véhicule <s>*vaipulya*, (11) les miracles <s>*adbhuta-dharma*, (12) les traités <s>*upadesha*.

3. Le caractère sino-japonais *ze* revêt deux significations : le sens démonstratif du pronom « ceci » ou « cela » et, dans un sens moral ou délibératif, « la chose bonne ». Ici, le *ze* semble être employé en tant que déictique : cela (ou

Le Temps qui est là lui fait hausser les sourcils et cligner les yeux, ce n'est pas cela. »

En entendant cette parole, Yakusan réalisa le grand Éveil, et dit à Daijaku : « Quand j'étudiais auprès du maître Sekitô, ce fut comme si un moustique s'était posé sur un bœuf de fer[1]. »

La parole de Daijaku n'est pas pareille à celles des autres. Les sourcils et les yeux doivent être la montagne et la mer[2], puisque la montagne et la mer sont les sourcils et les yeux. En entendant l'expression : *lui faire hausser [les sourcils]*, il faut regarder la montagne ; en entendant l'expression *lui faire cligner [les yeux]*, il faut fixer vos regards sur la mer. *Cela* [ze] s'est accoutumé à *lui*[3] ; *lui* est attiré par *faire [...]. Ce n'est*

---

ceci) qui se réalise au-delà des oppositions – de l'être et du non-être – comme *coincidentia oppositorum*, la caractéristique même du Temps dynamique qui est là à travers la perpétuelle non-coïncidence de soi avec soi-même.

1. Le moustique posé sur un boeuf de fer ne saurait jamais sucer le sang de l'animal ; il s'agit d'une métaphore d'inefficacité et d'impuissance.

2. La montagne et la mer se meuvent comme les sourcils et les yeux. À ce moment-là, combien d'existants invisibles (par exemple, les cellules, les nerfs, les muscles etc.) travaillent-ils de concert derrière un seul mouvement qui apparaît à nos yeux ? Considérer l'univers entier comme corps en mouvement est un lieu commun dans l'enseignement de l'école Zen. « Cet univers entier des dix directions, affirme Dôgen, n'est autre que le vrai corps de l'homme. Naissances et morts, le passer et le venir, ne sont autres que le vrai corps de l'homme. » (« Études de la Voie au moyen du corps et du cœur » [« Shinjin gakudô »], n° 4). Ici, nous voyons la Nature et le corps se réfléchir l'un l'autre.

3. Le mot *ze* en tant que déictique désigne la chose proche, et « lui », en tant que pronom personnel de la troisième personne du singulier, la personne qui se trouve loin ou absente (il s'agit ici, en l'occurrence, du missionnaire indien Bodhidharma). Or, la distance qui sépare ceci ou cela [*ze*] (ce qui est proche) et lui (la personne qui est loin ou absente) ne serait jamais déterminée du point de vue du sujet percevant en mouvement (le temps). En effet, les déictiques, comme les pronoms personnels, dépendent de l'instance du discours, ou de l'énonciation. Ce qui était loin hier (lui) devient aujourd'hui tout proche (ceci ou cela [*ze*]), et c'est en ce sens-là, nous semble-t-il, que Dôgen dit : « Cela [*ze*] s'est accoutumé à lui ; lui est attiré par faire [...] » Or, la question posée par le maître Yakusan (Yaoshan) : « Pourquoi Bodhidharma est-il venu de

pas cela ne signifie pas *ne pas lui faire […]* ; *ne pas lui faire […]* ne signifie pas *ce n'est pas cela*. Les uns et les autres sont tous le Temps qui est là.

La montagne aussi est le temps ; la mer aussi est le temps. Si elles n'étaient pas le temps, il n'y aurait ni montagne ni mer. Ne considérez pas qu'il n'y a pas de temps dans ce Présent de la montagne et de la mer. Si le temps dégénérait, la montagne et la mer aussi dégénéreraient. Si le temps ne dégénère pas, la montagne et la mer ne dégénèrent pas non plus. C'est pour cette raison qu'apparaissent l'étoile du matin et l'Ainsi-Venu (<s>*tathâgata*, [*nyorai*])*, la prunelle des yeux et la trituration d'une fleur[1]. Voilà le temps. Si cela n'était pas le temps, ce ne serait pas ainsi.

Le maître Kisei (Huanxian Guisheng)[2] de la province de Sekken (Yexian) est un descendant de la lignée de Rinzai (Linji) et l'héritier direct de Shuzan (Shoushan Shengnian). Un jour, lors d'une instruction collective, il dit :

---

l'ouest ? » comporte le mot « ouest ». L'« ouest » tel qu'il est désigné par Yakusan a dû être initialement l'« est » pour Bodhidharma, et maintenant que ce dernier est déjà venu sur la terre de l'est (la Chine), il y a une sorte de non-coïncidence entre l'« ouest » dont parle Yakusan – l'« ouest d'hier » – et Bodhidharma, le premier patriarche chinois sur la terre de l'est. Le maître Daijaku indique ce « point aveugle » de Yakusan en formulant ses quatre propositions par le mot *uji* : « Dans le Temps qui est là […] ».

1. La trituration d'une fleur [*nenge*] se reporte à la scène fondatrice de la transmission de la Voie : « À ce moment-là, assis au milieu d'un million de fidèles rassemblés sur le mont du pic du Vautour dans le pays de l'ouest [l'Inde], l'Éveillé-Shâkyamuni tritura une fleur d'Udumbara et cligna les yeux. À ce moment-là, l'honorable Kâçyapa lui adressa un sourire. L'Éveillé-shâkyamuni dit alors : "J'ai en moi la vraie Loi, trésor de l'Œil – le cœur sublime dans le Nirvâna. Je transmets ceux-ci à Kâçyapa." » (*Manji zôkyô*, t. I, texte 87, chapitre 4).

2. Le maître Sekken Kisei (Huanxian Guisheng), disciple de Shuzan Shônen (Shoushan Xingnian, 926-993), ses dates de naissance et de mort restent inconnues.

« Dans le Temps qui est là, le sens parvient, et non le mot.

Dans le Temps qui est là, le mot parvient, et non le sens.

Dans le Temps qui est là, le mot et le sens parviennent tous deux.

Dans le Temps qui est là, ni le mot ni le sens ne parviennent.[1] »

Le sens et le mot sont tous deux le Temps qui est là. *Parvenir* et *ne pas parvenir* sont tous deux le Temps qui est là. Bien que le temps de parvenir ne soit pas encore terminé, vient le temps de ne pas parvenir. Le sens est un âne, le mot est un cheval. On prend le mot pour un cheval, on prend le sens pour un âne. *Parvenir* n'est pas *venir*, *ne pas parvenir* n'est pas *pas encore* ; le Temps qui est là est ainsi. *Parvenir* est entravé par *parvenir*, non par *ne pas parvenir*. *Ne pas parvenir* est entravé par *ne pas* parvenir, non par *parvenir*. Le sens retient le sens, et perçoit le sens. Le mot retient le mot, et perçoit le mot. L'entrave retient l'entrave, et perçoit l'entrave. C'est l'entrave qui entrave l'entrave, voilà le temps. Bien que l'entrave soit au service des autres existants (<s>*dharma*, [*hô*]), il n'a jamais existé d'entrave qui entrave les autres existants. Le moi rencontre un homme ; un homme rencontre un homme ; le moi rencontre le moi ; la sortie rencontre la sortie. Si tout cela n'était pas revêtu du temps, ce ne serait pas ainsi.

Ou bien encore, le sens est le temps où le *kôan* se réalise comme présence ; le mot est le temps où l'on franchit le seuil. *Parvenir* est le temps où l'on se dépouille du corps ; *ne pas parvenir* est le temps où l'on quitte immédiatement ici tout en

1. Comme tous les existants, le langage est identique au temps, et c'est pourquoi, dans la perpétuelle non-coïncidence de soi avec soi-même : le jeu de sens et de mot, l'univers du langage s'auto-déploie comme l'univers du phénomène. Cf. la note n° 1, p. 70.

y arrivant. Discernez et affirmez-le ainsi, et faites en le Temps qui est là.

Bien que les maîtres anciens aient ainsi dit, ne reste-t-il pas quelque chose de plus à exprimer ? Dites :

« Le sens et le mot parviennent à moitié, c'est le Temps qui est là.

Ni le sens ni le mot ne parviennent à moitié, c'est le Temps qui est là. »

Il faut mener l'étude de la sorte.

Lui faire hausser les sourcils et cligner les yeux, c'est la moitié du Temps qui est là. Lui faire hausser les sourcils et cligner les yeux, c'est la croisée du Temps qui est là.

Ne pas lui faire hausser les sourcils ni cligner les yeux, c'est la croisée de la croisée du Temps qui est là.

Méditer de la sorte en faisant le va-et-vient, en y parvenant tout en n'y parvenant pas, voilà le temps du Temps qui est là.

« Le Temps qui est là » [« Uji »],
le texte n° 20 de *La Vraie Loi, trésor de l'Œil* [*Shôbôgenzô*].

Rédigé le premier jour d'hiver (le dixième mois lunaire) de la première année de l'ère Ninji (1240) dans le temple Kôshô-hôrin-ji.

Mis au net pendant la retraite d'été de la première année de l'ère Kangen (1243).

Ejô

Zenki

La Totalité dynamique[1]

« La Totalité dynamique » [« Zenki »], un texte court et limpide, se développe dans une atmosphère dynamique et diurne. Il fut exposé au douzième mois de la troisième année de l'ère Ninji (1242), lors du séjour de Dôgen dans le manoir du seigneur féodal Yoshihige Hatano[2]. Il est classé le vingt-deuxième texte de l'ancienne édition [*Kyûsô*].

Le texte se distingue par la prédominance du mot « vie » (la naissance, [*shô*]). Ce mot revient trente-huit fois comme tel, mais aussi sous la forme composée « la vie et la mort » (naissances et morts, [*shôji*]). Le contexte de la *Totalité dynamique* [*zenki*] est la Vie, la Vie de ce Présent, habitée par ces deux forces antagonistes, la vie et la mort, forces qui déterminent le corps organique des êtres vivants.

1. Le titre original *Zenki* est composé de deux caractères sino-japonais : le *zen* qui veut dire « le tout, la totalité », et le *ki*, « système, organisme, fonction, machine, moment, occasion », etc. et en tant que verbe, « tisser ». Le mot *zenki* revient quatre fois comme tel dans le corps du texte, et dix-sept fois dans la forme surcomposée *zenki gen* (la Totalité dynamique qui se présente). Le second caractère *ki* compose aussi le terme « l'articulation dynamique » [*kikan*] lequel connaîtra quatre occurrences.

2. C'est à Yoshishige Hatano qu'appartenait à l'époque la province d'Echizen (actuelle préfecture de Fukui). On peut supposer que, lors du séjour de Dôgen dans son manoir à Kyôto en hiver 1242, ce puissant disciple laïc exprima secrètement au maître son intention de lui offrir un terrain dans sa province, et que Dôgen se décida alors à quitter la capitale pour l'été 1243.

Au milieu du texte apparaît le paradigme du mouvement dans la métaphore du bateau. « La vie, dit Dôgen, c'est, par exemple, comme si l'homme était monté à bord d'un bateau. Bien que ce soit moi qui cargue ses voiles, tiens le gouvernail et pointe la gaffe, le bateau me transporte et il n'y a pas de moi hors de ce bateau. Et c'est moi, monté sur le bateau, qui fais aussi que ce bateau est comme un bateau. » Le mouvement est la Vie, et la Vie est le mouvement. Et ce mouvement n'est autre que celui du Temps dynamique identique à l'existence. « C'est pourquoi, précise Dôgen, la vie, c'est le moi qui la fais naître, et c'est la vie qui fait du moi ce qu'est le moi. »

Dans la finale, à travers le terme « la réalisation comme présence » [*genjô*], l'auteur note comme un clin d'œil la question de la médiation, question qui occupera la place centrale dans le texte suivant : « La lune ou la Réflexion » [« Tsuki »]. Si, à chaque instant, le Temps dynamique se réalise comme présence [*genjô*], comme l'image d'un athlète faisant des mouvements d'extension et de flexion des coudes (la Totalité dynamique en mouvement), il y a cependant quelque chose qui échappe au champ de vision d'où l'on perçoit cette réalisation qui « paraît » immédiate. Ce quelque chose doit être le « milieu » de la médiation, « milieu » qui doit exister au sein même du mouvement du Temps dynamique.

La grande Voie d'une multitude d'éveillés en ce qu'elle pénètre jusqu'au fond de soi est le transparaître de soi [en soi] [*tôdatsu*] [1] ; elle est la réalisation comme présence. Le transparaître de soi [en soi] veut dire que la vie [la naissance] aussi transparaît de la vie dans la vie, et que la mort aussi transparaît de la mort dans la mort. C'est pourquoi il y a la sortie de la vie et la mort, il y a l'entrée dans la vie et la mort. Toutes deux sont la grande Voie qui se pénètre jusqu'au fond. Il y a le rejet de la vie et la mort, il y a le rachat de la vie et la mort. Tous deux sont la grande Voie qui se pénètre jusqu'au fond. La réalisation comme présence n'est autre que la vie, la vie n'est autre que la réalisation comme présence. Au moment de cette réalisation comme présence, il n'y a rien qui ne relève de la réalisation totale de la vie comme présence ; il n'y a rien qui ne relève de la réalisation totale de la mort comme présence. Cette articulation dynamique fait bien la vie comme elle est, et la mort comme elle est.

1. Le terme original *tôdatsu* est composé de deux caractères sino-japonais : le *tô* qui veut dire « transparence, transparaître » et le *datsu*, « sortir, se dépouiller, se dégager, se libérer ». Ce dernier compose aussi le terme *gedatsu* : « la délivrance ». Dôgen emploie le terme *tôdatsu* : « le transparaître de soi (en soi) » comme pratiquement synonyme du terme *genjô* : la réalisation comme présence. La clef du non-dualisme chez Dôgen – ici le non-dualisme de la vie et de la mort – se trouve, nous semble-t-il, dans la verticalité du mouvement qui se dégage de ce verbe *tôdatsu* (transparaître de soi en soi).

Ce juste-moment-tel-quel où cette articulation dynamique se réalise comme présence n'est pas toujours grand, il n'est pas toujours petit. Il n'est ni l'univers entier ni une parcelle. Il n'est ni l'extension ni la contraction. La vie du présent est dans cette articulation dynamique, cette articulation dynamique est dans la vie du présent. La vie n'est ni le venir ni le passer, elle n'est ni le paraître [*gen*][1] ni le devenir [*jô*]. Et pourtant la vie est la Totalité dynamique qui se présente [*gen*], la mort est la Totalité dynamique qui se présente. Sachez-le, parmi d'innombrables existants (<s>*dharma*, [*hô*]) qui sont en Soi, il y a et la vie et la mort. Il faut examiner à tête reposée si cette vie du présent ainsi que la foule des existants qui naissent en même temps que cette vie vont ensemble [*Tomonaru*][2] ou non avec la vie. Il n'y a pas un seul temps ni un seul existant qui n'aillent ensemble avec la vie ; il n'y a pas un seul phénomène ni une seule pensée qui n'aillent ensemble avec la vie.

La vie, c'est par exemple comme si l'homme était monté à bord d'un bateau. Bien que ce soit moi qui cargue ses voiles, tiens le gouvernail et pointe la gaffe, le bateau me transporte et il n'y a pas de moi hors de ce bateau. Et c'est moi, monté sur le bateau, qui fais aussi que ce bateau est comme un bateau. Il faut étudier avec application ce juste-moment-tel-quel. Ce juste-moment-tel-quel n'est rien d'autre que l'univers du bateau. Le ciel, l'eau et les rives, tous sont devenus le moment favorable du bateau. Ils ne seraient pas du tout pareils s'ils n'étaient pas le moment favorable du bateau. C'est pour-

1. Le terme sino-japonais *gen* est polysémique. Nous le traduisons ici tantôt par « paraître », tantôt par « se présenter ».

2. Le verbe japonais *tomonaru* – traduit ici par « aller ensemble » – a pour étymologie le terme sanscrit *samam* qui veut dire « en même temps ». C'est un mot distinctif du non-dualisme, qui indique la simultanéité de mouvement.

quoi la vie, c'est le moi qui la fais naître, et c'est la vie qui fait du moi ce qu'est le moi. Lorsqu'on est à bord du bateau, le corps et le cœur, la rétribution directe et la rétribution indirecte [*ehô*][1], sont tous deux l'articulation dynamique du bateau. La vaste terre entière ainsi que le méta-espace entier sont tous deux l'articulation dynamique du bateau. Le moi qui est la vie et la vie qui est le moi sont ainsi.

Le maître Engo Kokugen (Huanwu Keqin)[2] dit : « La vie aussi est la Totalité dynamique qui se présente ; la mort aussi est la Totalité dynamique qui se présente. »

Il faut clarifier et méditer cette expression. Méditer cette expression veut dire ceci : la raison pour laquelle *la vie aussi est la Totalité dynamique qui se présente* ne concerne ni le commencement ni la fin. Bien que ce soient la vaste terre entière et le méta-espace entier, ni l'une ni l'autre n'empêche que la vie aussi est la Totalité dynamique qui se présente ; ils n'empêchent pas non plus que la mort aussi est la Totalité dynamique qui se présente. Au moment où la mort aussi est la Totalité dynamique qui se présente, bien que ce soient la vaste terre entière et le méta-espace entier, ni l'une ni l'autre n'empêche que la mort aussi est la Totalité dynamique qui se présente ; ils n'empêchent pas non plus que la vie aussi est la

1. Le terme sino-japonais *ehô* est l'abréviation des deux termes *ehô* et *shôhô*. Le premier désigne la rétribution karmique indirecte que constitue le monde réceptacle (l'environnement) qui est le théâtre de notre existence reçue. Le second désigne la rétribution directe représentée par le corps et la construction psychique, qui est le support même du fruit karmique. Concrètement, le *ehô* correspond au pays, à la contrée, et le *shôhô* aux êtres (<s>*sattva*).

2. Le maître Engo Kokugen (Huanwu Keqin, 1063-1135) est surtout connu en tant que compilateur du *Recueil de la falaise verte* [*Hekigan roku*, T. 48, n° 2 003]. Appartenant à la lignée de Rinzai (Linji, ?-866), Engo devint le successeur du maître Goso Hôen (Wuzu Fayan, mort en 1104). Dôgen voue une grande admiration à Engo, et lui attribue le titre le plus honorifique de la terminologie dôgenienne : « ancien éveillé » [*kobutsu*].

Totalité dynamique qui se présente. C'est pourquoi la vie n'entrave pas la mort, et la mort n'entrave pas la vie. La vaste terre entière ainsi que le méta-espace entier sont tous deux et dans la vie et dans la mort. Cependant, cela ne veut pas dire que la vaste terre entière qui est une [au recto verso] [*ichimai*][1] et le méta-espace entier qui est un [au recto verso] soient et la Totalité dynamique pour la vie et la Totalité dynamique pour la mort. Bien qu'ils ne soient pas les mêmes, ils ne sont pas différents. Bien qu'ils ne soient pas différents, ils ne sont pas identiques. Bien qu'ils ne soient pas identiques, ils ne sont pas multiples. C'est pourquoi il y a aussi dans la vie une multitude d'existants qui est la Totalité dynamique qui se présente ; il y a aussi dans la mort une multitude d'existants qui est la Totalité dynamique qui se présente. Dans ce qui est ni la vie ni la mort, il y a aussi la Totalité dynamique qui se pré-

1. Le terme original *ichimai* – que nous traduisons par « un (au recto verso) » – est composé de l'adjectif numéral cardinal « un » [*ichi*] et de l'unité de compte *mai* qui s'applique uniquement aux choses plates, sans épaisseur, telles qu'assiette, billet, feuille, chemise, tissu, etc. Il nous semble que ce terme *ichimai* est étroitement lié au verbe *tôdatsu* (transparaître de soi en soi), clef du non-dualisme chez Dôgen. Pour trouver l'autre, il faut aller jusqu'à l'extrême de soi, au lieu de se livrer à un mouvement parallèle ou horizontal. En transperçant le recto, on aboutit au verso, et en transperçant le verso, on aboutit au recto. Chacun des deux côtés est l'autre de son autre. Chacun des deux trouve son autre au « fond » de soi, et ce « fond » est sans fond, puisque le recto « est » le verso tout en ne l'étant pas, et le verso « est » le recto tout en ne l'étant pas. La vie ne vient pas « après » la mort ni la mort « après » la vie. Cf. « Naissances et morts » [« Shôji »] (texte supplémentaire n° 4). Puisque la vie et la mort vont ensemble comme le recto et le verso d'une feuille de papier, celui qui est allé jusqu'à l'extrême de la mort verra la vie. Puisque le corps et le cœur ne font qu'un, comme le recto et le verso d'une même feuille de papier, celui qui va à l'extrême du cœur trouvera le corps. L'altérité de chacun des deux côtés par rapport à son autre est si « fondamentale » que ni l'un ni l'autre n'a besoin « en plus » de son autre pour exister. Le recto n'a pas besoin « en plus » du verso pour exister et inversement. Du moment que l'un est là, l'autre est déjà là. Mais si intime que soit leur unité, le recto sera toujours le recto et le verso, le verso. Dans ce monde sublunaire, on ne peut jamais voir simultanément les deux côtés opposés, mais seulement la forme qui transparaît du verso au recto (*tôdatsu*).

sente ; c'est dans la Totalité dynamique qui se présente qu'il y a et la vie et la mort.

C'est pourquoi la Totalité dynamique de la vie et de la mort doit être aussi comme si l'athlète faisait des mouvements d'extension et de flexion des coudes ; elle doit être aussi comme si l'homme, dans la nuit, cherchait l'oreiller de sa main[1]. Elle se réalise comme présence puisqu'il y a en elle une multitude de claires lumières et de pouvoirs surnaturels. Puisque le moment de la juste réalisation comme présence se réalise comme présence en tant que Totalité dynamique, on s'imagine selon son point de vue qu'il n'y avait pas de réalisation comme présence avant la réalisation comme présence. Et pourtant, avant cette réalisation comme présence, il y a eu la Totalité dynamique. Bien qu'il y eut la Totalité dynamique qui se présenta avant, cela n'entrave pas la Totalité dynamique qui se présente maintenant. C'est pourquoi le point de vue [*kenge*][2] de la sorte se réalise comme présence sous son impulsion.

1. Nous rencontrons ici deux métaphores concernant le corps : la première se rapporte à un mouvement du corps d'athlète : le côté jour ; et la seconde, au tâtonnement par la main : le côté nuit. Dans cette seconde métaphore, la main (l'agent d'effectuation) dotée de l'Œil (la vision) évoque une capacité de voir et de se voir dans la nuit, une vision sans vision qui s'effectue à travers le jeu de la contingence et de l'absolu.

2. Le sujet en devenir voit le devenir du temps depuis son point de vue [*kenge*], et ce « point » du point de vue où se configure la perspective temporelle du passé, du présent et du futur n'est pas seulement un « point », puisqu'il se situe à l'intérieur du devenir du sujet percevant. C'est un point en mouvement de la Totalité dynamique. Et pourtant, puisque le sujet en devenir ne peut pas voir son propre mouvement de médiation, qui lui appartient, le « point » du point de vue paraît à ses yeux comme un simple point, un point situé hors du devenir de la Totalité dynamique en mouvement. Le temps – linéaire – « paraît » ainsi s'écouler aux yeux du sujet percevant qui croit par erreur voir et observer le temps comme si, lui, était hors de ce temps. Pour voir le temps dans sa vérité, et non pas selon la loi de vraisemblance bâtie sur le mode du « paraître » – perspective linéaire du passé, du présent et du futur –, il faut voir soi-même comme le temps, car le soi n'est autre que ce « point aveugle » qui nous fait voir le temps comme le temps, mais qui ne se voit pas en soi comme le temps.

« La Totalité dynamique » [« Zenki »],
le texte n° 22 de *La Vraie Loi, trésor de l'Œil* [*Shôbôgenzô*].

Exposé le 17 du douzième mois de la troisième année de l'ère Ninji (1242) dans le manoir du seigneur féodal de la province de Izumo (Yoshihige Hatano), près du temple Rokuharamitsu-ji (le temple des six accomplissements <s>pâramitâ).

Mis au net le 19 du premier mois de la quatrième année de la même ère (1243).

Ejô

Tsuki

La lune ou la Réflexion

« La lune ou la Réflexion » [« Tsuki »], l'un des textes les plus contemplatifs et les plus poétiques du *Trésor*, fut rédigé au premier mois de la quatrième année de l'ère Ninji (1243) au monastère Kôshô-ji. Il ne fit jamais l'objet d'une instruction collective. Il est classé le vingt-troisième texte de l'ancienne édition [*Kyûsô*], juste après « La Totalité dynamique » [« Zenki »], qui fut exposé environ vingt jours auparavant.

Notons que le « Zenki » et le « Tsuki » portent des titres pratiquement synonymes : le mot *tsuki*, qui désigne phonétiquement « la lune », signifie en fait la Totalité dynamique [*zenki*]. Cependant, contrairement au titre « Zenki », le titre « Tsuki » n'apparaît jamais dans le corps du texte. C'est la lune [*tsuki*], homonyme du titre « Tsuki » (Totalité dynamique), qui figure au premier plan. Le présent texte se caractérise par la prédominance du substantif « la lune », qui revient quatre-vingt-trois fois au total. C'est en raison de ce règne de la lune – l'astre qui luit dans la nuit – que « La lune ou la Réflexion » [« Tsuki »] se développe dans une atmosphère nocturne et voilée. La discontinuité radicale se creuse ainsi au sein même de la Totalité dynamique : le « Zenki » et le « Tsuki », deux textes parfaitement autonomes, mais indissociablement liés comme le recto et le verso d'une même feuille de papier.

En Orient comme en Occident, la lune revêt une grande richesse symbolique. Par ses quartiers tantôt croissants tantôt décroissants, elle symbolise simultanément les rythmes biologiques et le temps qui passe. Par le mouvement de la lune à la fois cyclique et linéaire, nous nous trouvons d'abord dans la sphère de la temporalité. Dans la langue sino-japonaise, la lune [*tsuki*] est en effet synonyme du mois [*tsuki*] lunaire. Avec les mois qui passent, on peut constater le caractère éphémère des choses de ce monde.

La lune symbolise également le rêve et l'imaginaire. Le clair de lune ne fait qu'un avec la nuit. Sa lueur est si faible, si pâle, que, dès le lever du jour, elle disparaît de notre champ de vision. Par sa lumière nocturne, la lune inspire le secret. Elle connote une ambiguïté, une certaine fausseté, voire une tromperie. La lune elle-même n'est pas une véritable source de lumière, elle n'est qu'un reflet. La lumière de la lune n'est qu'une demi-lumière, une lumière réfléchie, une lumière voilée. En tant que reflet, la lune est sous le régime du « paraître ». Elle s'inscrit dans le domaine du circonstanciel opposé au réel, tout comme l'existant bâti sur le conventionnel dépourvu de consistance.

« La lune ou la Réflexion » [« Tsuki »] ne paraît être au premier abord qu'un simple poème. Qu'on ne se méprenne pas : c'est dans cette atmosphère poétique, dans cette « parabole » de la lumière nocturne, que se révèle le plus profond secret de la vision, vision de la médiation chez Dôgen.

Une multitude de formes de la lune se réalisent en cercle non pas seulement quelque temps avant, non pas seulement quelque temps après [la réalisation d'un cercle][1]. La réalisation en cercle est une multitude de formes de la lune non pas seulement quelque temps avant, non pas seulement quelque temps après [la réalisation d'un cercle]. C'est pourquoi l'Éveillé-Shâkyamuni dit : « Le pur corps de la Loi de l'Éveillé en lui-même (<s>*dharma-kâya*, [*busshin hosshin*])* est comme le méta-espace. En écho aux êtres, il présente sa forme comme la lune au milieu de l'eau. »

L'Identité suprême [le « comme du comme [*nyonyo*] », <s>*tathatâ*][2] de ce qui est dit *comme la lune au milieu de l'eau* [*nyo sui chû getsu*] doit être la lune de l'eau. Cela doit être l'eau *comme* [*sui nyo*], la lune *comme* [*getsu nyo*], « comme » le milieu [*nyo chû*] et le milieu « comme » [*chû nyo*][3]. Ce qui

1. Dès le premier verset, Dôgen pose l'identité contradictoire de l'Un (le cercle) et du multiple (les formes), du subit (la réalisation d'un cercle) et du graduel (non pas seulement quelque temps avant ou après).

2. Le redoublement du « comme » métaphorique *nyonyo* est un synonyme du terme *shin.nyo* ou *nyoze* : l'Identité suprême. « La lune ou la Réflexion » [« Tsuki »] dans son ensemble peut être considéré comme une longue méditation de cette affirmation terminologique.

3. Chacun des éléments composant une chose, par exemple, l'eau [*sui*], la lune [*getsu*], le milieu [*chû*] de « la lune au milieu de l'eau », montre son propre aspect sous le mode du « comme [*nyo*] ». Autrement dit, l'univers du

est exprimé par le « comme » n'est pas la ressemblance[1]. Le « comme » [*nyo*] est cela [*ze*][2]. Le pur corps de la Loi de l'Éveillé en lui-même est le comme du méta-espace ; ce méta-espace est le pur corps de la Loi de l'Éveillé en lui-même sous le mode du « comme ». Étant le pur corps de la Loi de l'Éveillé en lui-même, la terre entière et l'univers entier, la Loi (<s> *dharma*, [*hô*]) entière et son paraître [*gen*] entier sont de soi-même le méta-espace. Cent herbes et dix mille phénomènes réalisés comme présence sous le mode du « comme » sont, comme tels, le pur corps de la Loi de l'Éveillé en lui-même, ils sont comme la lune au milieu de l'eau.

Le moment de la lune n'est pas toujours la nuit, la nuit n'est pas toujours obscure. Ne soyez pas toujours prisonnier des petites mesures humaines. Il doit y avoir le jour et la nuit là où il n'y a ni le soleil ni la lune. Ni le soleil ni la lune ne sont au service du jour et de la nuit, puisque le soleil et la lune sont tous deux Identité suprême (<s>*tathatâ*, [*nyonyo*]). Il ne s'agit pas d'une ou deux formes de la lune, ni de mille ou de dix mille formes de la lune. Même si le Soi de la lune maintient le point de vue quant à une ou deux formes de la lune, cela est le point de vue de la lune, il n'est pas toujours

---

phénomène dans son ensemble n'est autre qu'une métaphore, qui apparaît comme telle à nos yeux grâce au « comme » métaphorique au milieu [*nyo chû*].

1. La ressemblance [*sôji*] est de l'ordre de la comparaison (<s>*upamâna*), et non de la Réflexion. Elle consiste à établir ce qui est à établir en se fondant sur une conformité avec le connu. Il s'agit donc d'une estimation de l'inconnu par confrontation avec le connu (cf. *I.C.*, §1 470). Le verbe sino-japonais « comparer » [*hi*] ainsi que le substantif « comparaison » [*hiyu*] apparaîtront dans la finale du texte pour être subsumés dans l'univers de la Réflexion en soi-même (la lune en mouvement).

2. Il s'agit de la lecture proprement japonaise [*nyo wa ze nari*] du terme original sino-japonais *nyoze* : l'Identité suprême. Celle-ci étant essentiellement de l'ordre métaphorique, il serait vain de rechercher le réel hors du paraître métaphorique, hors du mode du « comme » ou « comme si » [*nyo*].

l'expression selon la Voie de l'Éveillé, ni le savoir et la vision de la Voie de l'Éveillé. Si cela est ainsi, même s'il y avait la lune de la nuit d'hier, la lune de cette nuit-ci n'est pas la lune d'hier. Il faut méditer à fond ceci : la lune de cette nuit-ci est la lune de cette nuit-ci tout ensemble au commencement, au milieu et à la fin. Puisque la lune se transmet à la lune, bien qu'il y ait [plusieurs formes de] la lune, elle n'est ni ancienne ni nouvelle[1].

Le maître du Zen Banzan Hôshaku (Panshan Baoji)[2] dit : « La lune du cœur est un cercle absolu ; sa lumière absorbe dix mille phénomènes. La lumière n'éclaire pas l'objet [extérieur], l'objet n'existe pas non plus. La lumière et l'objet, tous deux disparaissent. Qu'est-ce donc que cela ? »

Ce qui est dit maintenant est qu'il y a toujours la lune du cœur chez les patriarches et les disciples de l'Éveillé, car ils font de la lune leur cœur. S'il n'était pas la lune, le cœur ne serait pas ; il n'y a pas de lune qui ne soit pas le cœur. Le cercle absolu veut dire qu'il est sans éclipse. Ce qui n'est pas de l'ordre du nombre, deux ou trois, est appelé dix mille phénomènes. Dix mille phénomènes en tant que lumière de la lune ne sont pas dix mille phénomènes. C'est pourquoi la

1. La lune n'est pas hors du temps, mais elle est le Temps dynamique identique à la Réflexion. Elle est souverainement autonome, car c'est la lune qui se reflète en elle-même « comme » le reflet sous le mode du « comme le comme [*nyonyo*] » : le reflet du reflet, comme la lune au milieu de l'eau. Le temps linéaire (le phénomène) qui « paraît » s'écouler s'écoule dans le Temps dynamique qui ne passe ni ne vient en soi. La lune en mouvement se meut et évolue dans son propre milieu sans aucun élément extérieur à elle-même. C'est pourquoi elle n'est ni ancienne ni nouvelle, elle est « comme » elle est : la Totalité dynamique dans son auto-mouvement évolutif de soi en soi-même.

2. Banzan Hôshaku (Panshan Baoji), disciple de Baso Dôichi (Mazo Daoyi, 709-788), ses dates de naissance et de mort restent inconnues. Il demeurait au mont Banzan (Panshan) sous la dynastie des T'ang.

lumière absorbe dix mille phénomènes. Puisque dix mille phénomènes de soi-même ont entièrement absorbé la lumière de la lune, le fait que la lumière absorbe la lumière est dit : *la lumière absorbe dix mille phénomènes*. Par exemple, la lune doit absorber la lune, et la lumière doit absorber la lune. D'où l'expression du maître : « La lumière n'éclaire pas l'objet, l'objet n'existe pas non plus. »

C'est ainsi que, au moment où il faut justement faire passer les êtres à l'autre rive [sauver] par le corps de l'Éveillé (<s>*buddha-kâya*, [*busshin*]), ce dernier apparaît [*gen*] immédiatement et prêche la Loi. Au moment où il faut justement passer les êtres à l'autre rive par le corps de métamorphoses (<s>*rûpa-kâya*, [*shikishin*])[1], ce dernier apparaît immédiatement et prêche la Loi. Tout cela n'est autre que la Rotation de la Roue de la Loi (<s>*dharma-cakra-pravartana*, [*tenbôrin*]) au milieu de la lune. Bien que les endroits où éclairent l'esprit d'ombre [la lune] et l'esprit de lumière [le soleil] soient un effet réalisé par le joyau de feu et le joyau d'eau, l'apparaître

1. Au sujet du corps de l'Éveillé (<s>*buddha-kâya*, [*busshin*]), il existe plusieurs doctrines différentes. Notons la doctrine des trois corps de l'Éveillé, qui est la plus représentative du Grand Véhicule (<s>*mahâyâna*). Cf. *T. C.*, § 2 327-2 328. (1) Le corps de la Loi (<s>*dharma-kâya*, [*hosshin*]) : le corps originel de l'Éveillé sans formes ni couleurs. Ce pur corps de la Loi de l'Éveillé en lui-même ne connaîtra jamais la corruption ni la dégradation en tant que principe absolu de l'univers. (2) Le corps de la rétribution (<s>*sambhoga-kâya*, [*hôjin*]) : le corps de l'Éveillé parfaitement réalisé en tant que fruit de son désir et de sa pratique. C'est un corps de l'Éveillé personnifié, plein de beauté et muni de tous les mérites. Tout en étant revêtu de sa dimension particulière et historique, ce corps « idéal » de l'Éveillé jouissant de ses mérites acquis ne connaîtra pas la destruction. (3) Le corps de métamorphoses (<s>*nirmâna-kâya* [*ôjin*] ou *rûpa-kâya* [*shikishin*]) : le corps visible de l'Éveillé, mais éphémère comme le phénomène. C'est le corps de l'Éveillé qui apparaît provisoirement et se métamorphose en une multitude de formes différentes suivant la faculté des êtres qu'il veut sauver. La proposition qui figure dans le texte est une libre citation du *Soutra du Lotus* [*Hokekyô*], chapitre XXV : « La porte universelle de l'être d'Éveil » [« Fumonbon »].

se réalise immédiatement comme présence. Ce cœur n'est autre que la lune, cette lune est de soi-même le cœur. Les patriarches et les disciples de l'Éveillé pénètrent ainsi le cœur du côté principiel et du côté phénoménal.

Un ancien éveillé dit : « Un seul cœur est tous les existants (<s>*dharma*, [*hô*]) ; tous les existants, un seul cœur. »

Si cela est ainsi, le cœur est tous les existants, et tous les existants sont le cœur. Puisque le cœur est la lune, la lune doit être la lune. Puisque tous les existants qui sont le cœur sont tous la lune, l'univers entier est la lune entière, tous les corps sont toutes [les formes de] la lune. Même pour les choses qui passent quelque temps avant ou quelque temps après dans l'espace de dix mille ans, qu'est-ce donc qui ne puisse être la lune ? L'éveillé sous la face du soleil et l'éveillé sous la face de la lune[1], qui sont le corps et le cœur, la rétribution directe et la rétribution indirecte de ce présent, doivent être également au milieu de la lune. La vie [la naissance] et la mort, le passer et le venir sont tous deux dans la lune. L'univers entier des dix directions doit être le haut et le bas, la droite et la gauche de ce milieu de la lune. La vie quotidienne [l'usage du soleil] de ce présent n'est autre que les pointes de cent herbes réfléchissant le soleil/la lune [*min min*][2] au milieu de la lune ;

1. Il est dit que la durée de la vie de l'éveillé sous la face du soleil est de mille huit cents ans, et celle de l'éveillé sous la face de la lune, d'une journée et d'une nuit. Les noms de ces deux éveillés « mythiques » sont souvent cités dans les corpus Zen. Par exemple : « Au maître Baso, ayant l'air pensif, le recteur demande : "Maître, quel est votre état de santé ces jours-ci ?" Le maître répond : "L'éveillé sous la face du soleil, l'éveillé sous la face de la lune." » (*Recueil des sermons du maître Wanshi*, T. 48, n° 2 001, livre II).

2. Dôgen a inséré ici un jeu graphique : le caractère sino-japonais *min*, qui veut dire « la clarté », a pour clef le soleil [*nichi*], et pour corps la lune [*getsu*]. Le substantif « soleil » [*nichi*] apparaît juste avant dans le mot composé : « la vie quotidienne » (littéralement traduit : « l'usage du jour » [*nichi yû*]), et le

ils ne sont autres que le cœur des patriarches réfléchissant le soleil/la lune au milieu de la lune.

« Un moine demanda un jour au maître Jizai (Tsuchi)[1] du mont Tôsu (T'outsu) de la province de Jo (Hsuchou) : "Que se passe-t-il quand la lune n'est pas encore un cercle ?" Le maître dit : "Elle absorbe trois ou quatre [formes] de la lune." Le moine dit : "Que se passe-t-il après le cercle ?" Le maître dit : "Elle fait rejaillir sept ou huit [formes] de la lune." »

Ce qui est à méditer à fond maintenant est le pas encore du cercle et l'après du cercle[2] ; l'un et l'autre sont tous deux figurations momentanées de la lune. Parmi les trois ou quatre [formes] de la lune qu'il y a dans la lune, il y a le pas encore du cercle qui est un [au recto verso]. Parmi les sept ou huit [formes] de la lune qu'il y a dans la lune, il y a l'après du cercle qui est un [au recto verso]. Le fait d'absorber est trois ou quatre [formes] de la lune. À ce moment-là se réalise comme vision le moment de la lune qui n'est pas encore un cercle. Le rejaillissement de la lune fait surgir sept ou huit [formes] de la lune. À ce moment-là se réalise comme vision le moment de la lune qui est en cercle après. Quand la lune absorbe la lune, il y a trois ou quatre [formes] de la lune. Celles-ci se réalisent

---

substantif « lune » juste après à deux reprises. Pour mettre en valeur ce jeu graphique, nous avons pris la liberté de traduire le caractère *min* sous sa forme dédoublée : « réfléchir le soleil/la lune ».

1. Tôsu Daidô (T'outsu, 819-914), disciple de Suibi Mugaku. Après ses longues pérégrinations sous la dynastie des T'ang, il demeura une trentaine d'années au mont Tôsu entouré de nombreux disciples. Son nom honorifique est le grand maître Jizai (Tsuchi).

2. Le maître et le disciple qui s'entretiennent « face à face » au sujet de la lune sont en « réflexion ». Dans ce dialogue, chacun d'eux, à la recherche de son autre pour se connaître soi-même, voit sa propre image réfléchie dans la face de son autre comme le reflet, comme l'image réfléchie dans le miroir. La face du maître reflète l'image du disciple qui n'a pas encore réalisé l'Éveil (le pas encore du cercle), et la face du disciple, l'image du maître qui a déjà réalisé l'Éveil (l'après du cercle).

comme présence puisqu'il y a la lune dans son absorption. La lune est la réalisation comme vision de son absorption. Quand la lune fait rejaillir la lune, il y a sept ou huit [formes] de la lune. Celles-ci se réalisent comme présence puisqu'il y a la lune dans son rejaillissement. La lune est la réalisation comme vision de son rejaillissement. C'est pourquoi son absorption est sans reste, et son rejaillissement est sans reste. La terre entière fait rejaillir le ciel ; la voûte céleste absorbe la voûte terrestre. Il faut absorber soi-même et absorber l'autre ; il faut faire rejaillir soi-même et faire rejaillir l'autre.

« L'Éveillé-Shâkyamuni dit à l'être de l'Éveil de diamant (*Vajragarbha-bodhisattva*)[1] : "C'est comme si, par exemple, l'œil en mouvement pouvait remuer la surface calme de l'eau. Et c'est comme si l'œil fixe en *samâdhi* pouvait faire tourner le feu. Si les nuages courent, la lune se meut ; si le bateau avance, la rive se déplace. Cela est aussi tel quel[2]." »

Il faut clarifier et méditer à fond cet enseignement de l'Éveillé que nous venons d'entendre : « Si les nuages courent, la lune se meut ; si le bateau avance, la rive se déplace. » Ne l'étudiez pas avec précipitation, ne vous conformez pas au sens commun. Cependant, il y a peu de gens qui entendent cet enseignement de l'Éveillé comme enseignement de

1. Vajragarbha-bodhisattva est un être d'Éveil appartenant à l'école ésotérique. Après avoir obtenu l'Éveil égal à tous les éveillés, il continue à progresser dans sa pratique vers l'Éveil parfait.

2. La péricope est tirée du *Soutra de l'Éveil parfait* (T. XVII, n° 842), un apocryphe chinois [*gikyô*], littéralement « fausse écriture ». Pourquoi celle-ci joue-t-elle un rôle décisif dans l'économie du discours de « La lune ou la Réflexion » [« Tsuki »] ? Il nous semble que l'auteur a voulu indiquer par la forme même de son discours, fondé sur la fausse écriture, que le chemin de l'Éveil prend toujours son point de départ dans le domaine du faux et que l'Éveil consiste à voir la fausseté du faux.

l'Éveillé[1]. Si on l'apprend bien comme enseignement de l'Éveillé, cela veut dire ceci : l'Éveil parfait n'est pas toujours notre corps et notre cœur, ni l'Éveil et le Nirvâna[2] ; de même l'Éveil et le Nirvâna ne sont pas toujours l'Éveil parfait, ni notre corps et notre cœur.

L'expression de l'Ainsi-venu « Si les nuages courent, la lune se meut ; si le bateau avance, la rive se déplace » veut dire qu'au moment où les nuages courent, la lune se meut et qu'au moment où le bateau avance, la rive se déplace. Voici son enseignement : les nuages et la lune vont ensemble dans le même [*dô*][3] temps et le même chemin, le même pas et le même mouvement, et cela ne concerne ni le commencement ni la fin, ni l'avant ni l'après ; le bateau et la rive vont ensemble

1. L'univers du langage s'inscrit dans le domaine du conventionnel. Le « comme » métaphorique, tel qu'il est employé dans l'enseignement de l'Éveillé-Shâkyamuni portant sur le problème de la perception, est situé, non pas dans le réel, mais dans l'univers du langage également structuré sous le mode du « comme ». C'est donc la perception sous le mode du « comme » (le conventionnel) qui apparaît dans l'univers du langage (le conventionnel) sous le mode du « comme du comme [*nyonyo*] » pour se faire connaître en vérité. La Vision selon la Voie de l'Éveillé doit consister à voir le conventionnel comme le conventionnel, le mouvement dans le mouvement. L'illusion est de croire qu'il faut rechercher le réel en dehors du conventionnel, le principiel en dehors du phénoménal sans que notre point de vue à nous ne soit conditionné par la nature même de notre être-phénoménal. Ce problème de la perception sous le mode du « comme du comme [*nyonyo*] », tel qu'il se révèle dans l'univers du langage, se pose de façon analogue dans l'univers du phénomène. Voir la note n° 1, p. 89.

2. Proposition étonnante qui veut dire ceci : ce qui est parfait (l'Éveil parfait) peut « paraître », en raison même de sa perfection, moins parfait que ce qui est purement et simplement déjà parfait (l'Éveil et le Nirvâna).

3. Le terme sino-japonais *dô* (le même, <s>*sama*) connaît ici huit occurrences. Lorsque tout va dans la même direction et dans le même mouvement, le mouvement s'annule apparemment, et devient invisible. Ici, il ne s'agit plus du mouvement de la lune, mais de la lune en mouvement avec l'univers entier. La lune est en mouvement au milieu du mouvement, et ce mouvement de l'univers s'effectue dans un repos apparent. C'est pourquoi ce mouvement du Tout en Tout, mouvement propre à la Totalité dynamique sans extériorité, ne concerne ni le commencement ni la fin, ni l'avant ni après, ni le surgir/disparaître, ni le cycle des naissances et des morts.

dans le même temps et le même chemin, le même pas et le même mouvement, et cela ne concerne ni le surgir/l'arrêt ni le cycle des naissances et des morts (<s>*samsâra*, [*ruten*]). Même quand on étudie l'avancement [*gyô*] de l'homme[1], celui-ci ne concerne ni le surgir ni l'arrêt ; l'avancement du surgir et de l'arrêt ne concerne pas l'homme. En relevant le surgir/l'arrêt, ne comparez pas à l'avancement de l'homme. La course des nuages et le mouvement de la lune, l'avancement du bateau et le déplacement de la rive sont tous ainsi. Ne vous bornez pas sottement à l'optique des gens de petites mesures. N'oubliez pas cet enseignement : la course des nuages ne concerne ni l'Est ni l'Ouest ni le Sud ni le Nord, et le mouvement de la lune n'a de repos ni le jour ni la nuit, ni dans le passé ni dans le présent. Ni l'avancement du bateau ni le déplacement de la rive ne dépendent des trois mondes – mondes du passé, du présent et du futur –, mais tous deux font le bon usage de ces trois mondes. C'est pourquoi, parvenus immédiatement à ce Présent tel quel, tous sont rassasiés et nul n'a plus faim.

Cependant les imbéciles s'imaginent à tort qu'on perçoit le mouvement de la lune à cause des nuages qui courent alors qu'en fait la lune ne se meut pas, et qu'on perçoit le déplacement de la rive à cause du bateau qui avance alors qu'en fait la rive ne se déplace pas[2]. Si cela était comme le disent les imbéciles, comment l'expression de l'Ainsi-venu serait-elle

1. Le terme sino-japonais *gyô* peut avoir ici un triple sens : (1) la construction psychique (<s>*samskâra*), le quatrième des cinq agrégats, (2) la pratique (de la Voie) et (3) l'avancement. Pour mettre en valeur la synchronie de l'homme et du bateau, nous l'avons traduit par « l'avancement ».

2. Ici, le discours de Dôgen prend un ton polémique à l'égard de ceux qui ne prennent pas au sérieux le problème de la perception. Ceux qui sont appelés « imbéciles » doivent être prétendus « savants ». Cf. « Une galette en tableau » [« Gabyô »] (n° 24). Ces derniers, justement à cause de leur pseudo-éveil, sont incapables de voir le phénoménal comme phénoménal sous le mode du « comme du comme [*nyonyo*] ». Ils s'imaginaient observer le mouvement

possible ? L'enseignement de la Loi de l'Éveillé n'a jamais été les petites mesures des hommes et des dieux. Bien qu'il soit hors de toutes mesures, il y a seulement la pratique selon les occasions [*zuiki*][1]. Qui n'a pas à maintes reprises pêché sur la plage et en bateau, qui n'a pas soudain jeté un regard sur les nuages et la lune ?

Sachez-le, l'expression de l'Ainsi-venu ne compare ni les nuages à l'existant tel quel, ni la lune à l'existant tel quel, ni le bateau à l'existant tel quel, ni la rive à l'existant tel quel. Méditez à fond ce principe à tête reposée et avec application. Un pas de la lune est l'Éveil parfait de l'Ainsi-venu ; l'Éveil parfait de l'Ainsi-venu est la génération de la lune en mouvement. Il ne s'agit ni de la marche ni du repos, ni de la progression ni du recul. Puisque, déjà la lune en mouvement n'est plus une comparaison, elle est la nature et l'aspect du cercle absolu.

Sachez-le, bien que la cadence de la lune en mouvement soit une course, elle ne concerne ni le commencement, ni le

---

de la lune le plus objectivement possible tout en oubliant que leur point de vue lui-même se trouve au milieu de la lune. Les philosophes occidentaux actuels font une remarque analogue : « En fait, dit Pierre Hadot, il y a deux manières d'appréhender le monde. Il y a la manière scientifique qui utilise des instruments de mesure et d'exploration, et des calculs mathématiques. Mais il y a aussi l'usage naïf de la perception. On pourra mieux comprendre cette dualité en pensant à la remarque de Husserl, reprise par Merleau-Ponty : la physique théorique admet et prouve que la Terre se meut, mais du point de vue de la perception, la Terre est immobile. Or c'est la perception qui est le fondement même de la vie que nous vivons. » (*La Philosophie comme manière de vivre*, p. 155, Albin Michel, Paris, 2001).

1. Ici apparaît, pour la première et dernière fois dans le corps du texte, le caractère sino-japonais *ki* au sens d'« occasion ». Les occasions sont de l'ordre du circonstanciel, et connotent le terme « les relations d'occasion » (<s>*nidâna*, [*in.nen*]). Elles nous introduisent dans la nuit de la contingence, le moment de l'altérité par excellence. Dans l'oubli de soi, on jette soudain un regard sur les nuages et la lune, et c'est alors que, soudain, tout s'éclaire, l'énigme de la vie ou d'une parole qui semblaient jusqu'alors insolubles, incompréhensibles. La raison découvre son propre secret en s'outrepassant elle-même à travers le jeu de la contingence et de l'absolu.

milieu, ni la fin. C'est pourquoi il y a la première lune et la seconde lune. La première et la seconde lune sont également la lune. L'amour juste pour la pratique n'est autre que la lune. L'amour juste pour l'offrande n'est autre que la lune. S'en aller avec décision n'est autre que la lune. Le cercle et son éclipse ne sont pas la révolution du passer et du venir. Tantôt ils font l'usage de cette révolution du passer et du venir, tantôt ils n'en font pas l'usage ; tantôt ils la laissent agir [*hôgyô*], tantôt ils la reprennent en main [*hajô*][1]. Comme ils manifestent vaillamment leur manière d'être [*fûryû*][2], voilà que se réalisent une multitude de formes de la lune telles quelles.

« La lune ou la Réflexion » [« Tsuki »],
le texte n° 23 de *La Vraie Loi, trésor de l'Œil* [*Shôbôgenzô*].

Rédigé le 6 du premier mois de la quatrième année de l'ère Ninji (la première année de l'ère Kangen : 1243) au monastère Kan.nondôri-kôshôhôrin-ji.

Moine Dôgen

Copié l'avant-veille de la fin de la retraite d'été (le 14 du septième mois lunaire) de la quatrième année de l'ère Kangen (1246).

Ejô

1. Le terme sino-japonais *hôgyô* (laisser agir) et le *hajô* (reprendre en main) forment un couple oppositionnel quant à la méthode de l'enseignement du Zen : tantôt le maître laisse agir le disciple comme il veut dans sa recherche de la Voie, tantôt il le reprend en main en brisant les acquis et les idées de ce dernier pour le conduire à une nouvelle étape.

2. Le terme sino-japonais *fûryû*, littéralement « le cours du vent », a un double sens : la profondeur de la doctrine et la grâce, l'élégance, le style, le goût, la saveur etc. Nous avons tenté d'exprimer ce double sens du mot en le traduisant par « la manière d'être ».

Gabyô

Une galette en tableau

« Une galette en tableau » [« Gabyô »] compte parmi les textes les plus originaux du *Trésor*. Le titre du texte est probablement tiré de la célèbre parole de Kyôgen Shikan (Xiangyan Zhixian)[1] : « Une galette en tableau n'apaise pas la

1. Kyôgen Shikan (Xiangyan Zhixian). Devenu moine très jeune, il se fit d'abord disciple de Hyakujô Ekai (Baizhang Huaihai, 720-814), puis d'Isan Reiyû (Weishan Lingyou, 771-853). Après l'obtention de la Loi, il demeura au temple Kyôgen (Xiangyan), ses dates de naissance et de mort restent inconnues. Voici un court extrait de *La Vie de Kyôgen* : « Lorsque Kyôgen faisait les études de la Voie auprès du maître Isan Reiyû, le maître lui dit un jour : "Tu es intelligent et érudit. Dis-moi donc une parole, non pas celle que tu as apprise dans les livres de commentaires, mais celle qui existait avant même la naissance du père et de la mère." Kyôgen essaya à plusieurs reprises, mais fut incapable de répondre. En s'efforçant profondément de corps et de cœur, il feuilleta page après page des livres qu'il avait accumulés depuis des années, mais il resta toujours interdit. Finalement, en apportant du feu et en brûlant les livres qu'il avait entassés depuis des années, il dit : "Une galette en tableau n'apaise pas la faim. Je promets de ne plus chercher à comprendre la Loi de l'Éveillé dans cette vie terrestre et je me ferai seulement serveur de riz aux moines." [....] Les mois et les années s'écoulèrent ainsi. Suivant enfin la trace du maître Daishô (Nanyang Huizhong), il entra dans le mont Butô et commença sa vie d'ermite là où se trouvait l'ermitage du maître. Vivant de la culture des bambous, il se fit ami des bambous. Un jour, tandis qu'il balayait la rue, un morceau de tuile fut projeté et heurta un bambou. En entendant la voix de ce bambou qui claqua, il obtint soudain le grand Éveil. Il prit alors un bain, se purifia le corps, se rendit saluer le maître Isan Reiyû (Weishan). En brûlant de l'encens, il dit : "Maître, si vous m'aviez jadis donné une explication, comment cela aurait-il pu m'arriver maintenant ? La reconnaissance que je vous dois l'emporte sur celle due à mes parents." » Dôgen évoquera cette histoire de Kyôgen vers la fin du texte.

faim. » Notons que, dans cette parole de Kyôgen, le terme « une galette en tableau » est employé en tant que métaphore du savoir livresque : un savoir inefficace dépourvu de toute utilité et de toute effectivité, un savoir coupé du monde réel.

Cependant, si une galette en tableau s'inscrit dans le domaine de l'image [l'irréel], rien n'est plus réel qu'une galette. Une galette n'est pas un objet de contemplation, comme peut le devenir un objet précieux ou esthétique, mais un objet de consommation, une nourriture des plus quotidiennes et banales. Le titre « Une galette en tableau » [« Gabyô »] nous écarte ainsi d'emblée du domaine du merveilleux ou du fantastique tout en suggérant l'idée d'une unité à définir entre le réel [une galette] et le symbolique [le tableau]. Dôgen opère en effet tout au long du texte un renversement du rapport entre le réel et le symbolique [l'image d'une galette]. S'il est dit au commencement qu'« Une galette en tableau n'apaise pas la faim », on lira à la fin qu'« Il n'y a pas de remède qui puisse apaiser la faim sinon une galette en tableau ».

Or le thème de la « faim » apparaît juste au milieu du texte et c'est précisément dans ce thème de la « faim » que se situe le pivot du renversement. Comme on peut s'y attendre, il ne s'agit pas ici de la simple faim comme besoin naturel. Si une galette en tableau est une chose symbolique, il faut aussi penser la faim comme une chose symbolique : la faim existentielle – pour ainsi dire « structurelle » – de l'homme qui ne saurait jamais être apaisée par la consommation d'un pur et simple objet matériel. L'égarement consiste, d'après Dôgen, à ne pas se rendre compte de cette correspondance essentielle qui doit exister entre une galette en tableau, chose symbolique, et la faim humaine, tout aussi symbolique. Aussi la véritable question d'« Une galette en tableau » [« Gabyô »] est-elle celle de l'Éveil autour de laquelle s'articuleront la réalité du symbolique (une galette en tableau) et la dimension symbolique du réel (la faim humaine).

L'univers de l'Éveil tel qu'il est conçu chez Dôgen est un univers de tableau. Pour l'homme éveillé, la Nature entière ainsi que la totalité de notre vie quotidienne se présentent comme un tableau. Chez Dôgen, l'artiste qui peint le tableau au moyen de couleurs et l'artisan qui confectionne la galette au moyen de poudre de riz et de farine de blé sont mis absolument sur le même plan. Comme le peintre peint ses tableaux, l'artisan donne la forme à ses œuvres en travaillant la matière. Tout ce qui sort de la main de l'homme, tout ce qui se réalise comme présence [*genjô*] par la fabrication, peut être selon Dôgen un tableau, tableau de l'Éveil qui s'identifie à la Nature revêtue de sa dimension symbolique.

« Une galette en tableau » [« Gabyô »] fut exposé le 5 du onzième mois de la troisième année de l'ère Ninji (1242) au monastère Kôshô-ji. Il est classé vingt-quatrième texte de l'ancienne édition [*Kyôsô*].

Puisque les éveillés sont l'Éveil attesté, les êtres sont l'Éveil attesté. Et pourtant, ils ne sont ni d'une seule nature, ni d'un seul cœur. Bien qu'ils ne soient pas d'une seule nature, ni d'un seul cœur, au moment de l'Éveil attesté, l'Éveil attesté [des uns] et l'Éveil attesté [des autres] se réalisent comme présence sans s'entraver. Au moment de la réalisation comme présence, le paraître [des uns] et le paraître [des autres] doivent se réaliser comme présence sans se toucher. Ceci est l'enseignement des anciens qui va droit à l'essentiel. Ne faites pas la force de vos études en relevant la mesure d'identiques ou de différents.

C'est pourquoi il est dit qu'à peine pénètre-t-on un existant (<s>*dharma*, [*hô*]) on pénètre les dix mille existants. « Pénétrer un existant » ne veut pas dire lui enlever la figure qu'il portait jusque-là. Cela ne veut pas dire non plus relativiser un existant ni l'absolutiser. Si on l'absolutisait, les existants s'entraveraient les uns les autres. Lorsqu'on ne fait de la pénétration aucune entrave à la pénétration, une pénétration n'est autre que les dix mille pénétrations. Une pénétration est un existant (la Loi, <s>*dharma*, [*hô*]) ; pénétrer un existant n'est autre que pénétrer les dix mille existants.

Un ancien éveillé dit : « Une galette en tableau [l'image d'une galette] n'apaise pas la faim. »

Parmi les moines qui font l'étude de cette expression, il y a des êtres d'Éveil (<s>*bodhi-sattva*, [*bosatsu*])* et des adeptes du Petit Véhicule (<s>*hînayâna*, [*shôjô*])* venus de ces dix directions-ci. Leur réputation ainsi que leur rang ne sont pas les mêmes. Il y a aussi des têtes de dieux et des faces de démons venus de ces dix directions-là. La peau et la chair des uns sont épaisses, et celles des autres sont fines. Bien qu'il s'agisse de l'étude de la Voie des anciens éveillés et des éveillés de nos jours, elle se pratique quotidiennement sous les arbres et en ermitage. C'est pourquoi, pour transmettre avec justesse les œuvres de la maison de l'Éveillé, certains disent que, s'il est dit ainsi [« Une galette en tableau n'apaise pas la faim »], c'est parce qu'on ne saurait faire sienne la vraie Sagesse par les études des soutras et des traités ; d'autres considèrent que s'il est dit ainsi, c'est pour dire que les études doctrinales sur les trois véhicules et l'Unique Véhicule (<s>*eka-yâna*, [*ichijô*])* sont loin d'être le chemin de l'Éveil complet et parfait sans supérieur (<s>*anuttara-samyak-sambodhi*, [*sanbodai*])*. En général, les uns et les autres considèrent que s'il existe une telle expression, c'est pour dire que l'existant [l'enseignement, <s>*dharma*, [*hô*]) bâti sur le conventionnel [le langage, [*keryû*]][1] est vraiment dénué d'utilité. Ils se trompent largement. Ils ne transmettent pas avec justesse les œuvres bénéfiques de l'enseignement des anciens ; ils sont peu éclairés sur les expressions des éveillés et des patriarches. Tant qu'ils ne seront pas éclairés sur cette seule parole, qui pourrait laisser dire qu'ils ont médité à fond les expressions des autres éveillés ?

1. Le caractère sino-japonais *ke* (le conventionnel) veut dire aussi « provisoire ». Il existe donc une co-naturalité structurante entre l'univers du phénomène – provisoire [*ke*] – et l'univers du langage – conventionnel [*ke*].

Dire qu'une galette en tableau [l'image d'une galette] n'apaise pas la faim c'est, par exemple, comme si on disait : *Ne faites pas de mauvaises actions, pratiquez de bonnes actions*[1]. C'est comme si on disait : *Comment se fait-il que la chose telle quelle [*inmo butsu*] soit advenue de la façon telle quelle [*inmo rai*] ?*[2] C'est comme si on disait : *Je vis toujours intensément cela [*ze*]*[3]. Étudiez cela ainsi pour l'instant.

1. Il s'agit des deux premiers vers du célèbre *Commandement des sept éveillés* [*Shichibutsu tsûkaige*] formulé en quatrain. Le voici : « Ne faites pas de mauvaises actions, pratiquez de bonnes actions, purifiez le cœur. Voilà les enseignements de l'Éveillé. » Dôgen nous invite à méditer cet énoncé apparemment fort simple dans la sphère métaphorique avec la conjonction « comme si ». Le verbe du commandement « ne pas faire » s'adresse au sujet susceptible de faire de mauvaises actions. Lorsque le sujet s'applique de tout son corps et de tout son cœur à la pratique de ce commandement, il se dépouille peu à peu par la négation de soi et le soi du sujet en question commence à perdre sa propre pesanteur. Il se polit et se transforme peu à peu en la liberté du « Non-faire ». Le polissage du sujet par le commandement coïncide avec le polissage du commandement lui-même qui doit finir par disparaître. « En se laissant [dit Dôgen] transformer par l'enseignment et par l'écoute de la parole de l'Éveil parfait, on souhaite ne pas faire de mauvaises actions et on pratique pour ne pas faire de mauvaises actions. Il arrive alors le fait que les mauvaises actions ne se font plus, et aussitôt la force de la pratique se réalise comme présence. » (« Ne pas faire de mauvaises actions » [« Shôaku makusa »], n° 31).

2. La célèbre parole que le sixième patriarche Daikan Enô (Dajian Huineng, 638-713) adressa à son disciple Nangaku Ejô (Nanyue Huairang, 677-744). Le tel quel ne peut advenir que de façon telle quelle. Le terme familier *inmo* que nous traduisons par « (le) tel quel » indique ce « quelque chose » qui est déjà là de façon indéniable, mais indescriptible. C'est un « fait », un fait réel, mais au sujet duquel on peut seulement dire que « c'est tel quel » ou que « c'est ainsi », sans pouvoir le faire entrer dans une catégorie. C'est une totalité non catégorisable, qui échappe donc à toute tentative de définition, et qui ne peut être connue que dans sa manifestation telle quelle.

3. Évocation de la parole de Tôzan Ryôkai (Dongshan Liangjie, 807-869). Dans le texte original de Tôzan figure l'adverbe « ici » [*shi*] à la place du déictique « cela » [*ze*]. Qu'il s'agisse d'ici ou de cela, l'expression peut avoir un sens autrement profond du moment que l'on prend en compte le caractère « inconnu », c'est-à-dire non connaissable de ce qui est apparemment « connu » : ici ou cela. Notons un dialogue savoureux du maître Jôshû Jûshin (Zhaozhou Congshen, 778-897) avec des moines : « Le maître Jôshû Jûshin demanda à un nouveau moine qui venait d'arriver chez lui : "Es-tu déjà venu ici ?" Le moine dit : "Oui, je suis déjà venu." Le maître dit : "Prends du thé

Il y a peu de gens qui aient jadis entendu l'expression *une galette en tableau*, et il n'y a personne qui la connaisse à fond. Comment le sais-je ? Lorsque j'observe les fourvoiements des sacs puants d'aujourd'hui et d'hier, ceux-ci n'arrivent même pas à douter de cette expression, ni à la regarder de près, comme s'ils ne prêtaient pas l'oreille au bavardage des voisins, ne se sentant pas concernés.

Sachez-le, *une galette en tableau* a une figure née du père et de la mère et une figure qui existait avant même la naissance du père et de la mère. Bien que ce juste-moment-tel-quel où l'on façonne une galette en tableau en utilisant de la poudre de riz et de la farine de blé ne concerne pas toujours la naissance ni la non-naissance, il est le moment favorable où se réalise la présence, moment où se réalise la Voie. N'apprenez pas que ce moment soit astreint à vos connaissances sur le passer et le venir. Les matières colorantes avec lesquelles on peint une galette doivent être pareilles à celles avec lesquelles on peint les montagnes et les rivières. Pour peindre ce qui est appelé *les montagnes et les rivières*, on utilise du bleu et du cinabre, et pour peindre une galette en tableau, on utilise de la poudre de riz et de la farine de blé. C'est pourquoi les usages sont les mêmes, et les procédés de fabrication sont identiques.

S'il en est ainsi, *une galette en tableau*, dont on parle maintenant, désigne toutes sortes de galettes telles que galette de riz glutineux, galette de légumes, galette de riz au lait, galette de blé grillée, galette de millet, etc, et elles se réalisent toutes comme

---

avant de partir." À nouveau, le maître demanda à un autre moine : "Es-tu déjà venu ici ?" Le moine dit : "Non, je ne suis jamais venu." Le maître dit : "Prends du thé avant de partir." Le recteur demanda au maître : "Comment se fait-il que vous dites à tous deux de prendre du thé avant de partir ; l'un étant déjà venu ici alors que l'autre n'est jamais venu ici ?" Le maître dit au recteur de s'approcher de lui. Le recteur acquiesça et le maître lui dit : "Prenez du thé avant de partir." » (« La vie quotidienne » [« Kajô »], n° 59).

présence à partir du tableau. Sachez-le, le tableau est égal [*tô*] au tableau, la galette à la galette, et l'entité (<s>*dharma*, [*hô*])* à l'entité[1]. C'est pourquoi les galettes qui se réalisent comme présence en ce moment sont toutes galettes en tableau. Si l'on avait cherché ailleurs la galette en tableau, on ne l'aurait jamais trouvée, et on ne l'aurait pas encore triturée. Bien qu'elle apparaisse à un moment, elle n'apparaît pas à un autre moment. Et pourtant, elle n'a pas d'aspect vieux ou jeune, ni de trace du passer ou du venir. C'est dans un tel endroit qu'apparaît et s'établit le domaine de la galette en tableau.

Ne pas apaiser la faim veut dire que, bien que la faim ne soit pas au service des douze heures [de ce monde], elle n'a pas de disposition à rencontrer une galette en tableau et que tout en la goûtant, on n'a jamais éprouvé l'effet qui apaise la faim[2]. Puisqu'il n'y a pas la galette qui se prête à la faim ni la faim qui se

1. Chaque chose et chaque être sont composés ou « peints » avec plusieurs ingrédients, et chacun de ces ingrédients se réalise comme présence dans cette chose-là ou dans cet être-là, en étant égal [*tô*] à soi-même. S'agissant, par exemple, d'une galette en tableau, le tableau y est égal au tableau, la galette à la galette, et l'entité à l'entité. Nous avons signalé, dans la partie « La stylistique du *Trésor* », que, contrairement au circonstanciel qui abonde dans le *Trésor*, les substantifs sont dépouillés de tout ornement et qu'ils apparaissent le plus souvent sans épithète. Voici, à nos yeux, le pourquoi de ce trait stylistique : la vérité de l'« être » – tout comme la vérité du langage – n'est pas de l'ordre ontologique, mais des relations (<s>*nidâna*), relations des « ingrédients » qui composent provisoirement cette chose-là et cet être-là. Chaque chose et chaque être peignent leur image avec les « ingrédients » qui leur sont attribués selon les causes et les conditions, à la manière du peintre travaillant avec les matières colorantes. Concrètement, il n'y a pas, par exemple, d'« homme mauvais » du point de vue de cette « sotériologie » bouddhique. S'il en existe, ce n'est qu'une composition ou une « peinture » provisoire de l'homme et du mal. Tel ou tel homme peut paraître mauvais, selon les relations, selon les circonstances, mais cette perception ne saurait jamais être définitive. Car l'homme est égal [*tô*] à l'homme, le mal au mal, et il ne peut y avoir le rapport intrinsèque entre ces deux entités autonomes.

2. Tant que l'homme ne se rendra pas compte de la dimension symbolique de sa faim – structurelle –, il sera voué à vivre le « mauvais infini » sans pouvoir connaître le rassasiement.

prête à la galette, ni la pratique quotidienne, ni la méthode de la maison de l'Éveillé ne se transmettent. La faim aussi est une longue canne ; elle peut se porter horizontalement [sur l'épaule] ou verticalement [à la main], et subir mille changements et dix mille transformations. La galette aussi est l'apparaître d'un corps et un cœur ; elle peut être bleue, jaune, rouge ou blanche, elle peut être longue, courte, carrée ou ronde. Maintenant, pour peindre les montagnes et les rivières, on utilise des métaux bleu, vert, cinabre, des rochers rares, des pierres étranges, les sept pierres précieuses et les quatre joyaux[1]. Le procédé par lequel on peint la galette est le même. Pour peindre l'homme, on utilise les quatre éléments (<s>*mahâ-bhûta*, [*shidai*])* et les cinq agrégats (<s>*skandha*, [*go.un*])*. Pour peindre l'Éveillé, on utilise non seulement des châsses d'argile et des blocs de terre, mais aussi les trente-deux marques[2], un brin d'herbe et tout ce qui est acquis par la pratique quotidienne depuis des éons incalculables (<s>*kalpas*, [*gô*])*.

Puisque l'on a ainsi fait un tableau de l'Éveillé, tous les éveillés sont l'Éveillé en tableau. Tous les tableaux de l'Éveillé sont des éveillés. Il faut bien examiner l'Éveillé en tableau avec la galette en tableau. Lequel est une tortue de pierre, lequel est une canne de fer ; lequel est un existant (<s>*dharma*, [*hô*]) sensible (<s>*rûpa*) et lequel est un existant intelligible (<s>*citta*) ? Méditez-le méticuleusement et avec application. Lorsque vous vous appliquez à l'étude de la sorte, la naissance et la mort, le passer et le venir sont tous des

1. La définition des sept pierres précieuses diffère selon les écoles. La plus représentative dénombre or, argent, perle, cristal, agate, béryl et rubis. Les quatre joyaux sont les écritures saintes <s>*sûtra*, les disciplines <s>*vinaya*, les traités <s>*çâstra* et les formules détentrices <s>*dhârani*.

2. Il s'agit des signes caractéristiques du corps de l'Éveillé. Les artistes doivent les respecter scrupuleusement pour représenter le corps de l'Éveillé. Cf. *I. C.*, § 2 275.

tableaux. L'Éveil complet et parfait sans supérieur (<s>*anuttara-samyak-sambodhi*) n'est autre qu'un tableau. En général, il n'y a rien qui ne soit tableau s'agissant du plan de la Loi (<s>*dharma-dhâtu*, [*hokkai*])* et du méta-espace.

Un ancien éveillé dit : « La Voie s'est réalisée. La neige blanche a couvert des villes et des villages. Voilà qu'elle a obtenu quelques tableaux de montagnes bleues. »

C'est un mot du grand Éveil. C'est une expression qui s'est réalisée comme présence grâce à la pratique de la Voie et ses applications. S'il en est ainsi, à ce juste-moment-tel-quel où l'on obtient la Voie, on a fait plusieurs tableaux des montagnes bleues et de la neige blanche. Il n'y a pas un seul mouvement, un seul repos qui ne soient pas un tableau. C'est seulement grâce au tableau que nous avons obtenu nos applications d'aujourd'hui. Les dix appellations de l'Éveillé[1] ainsi que les trois pouvoirs miraculeux de l'Éveillé[2] ne sont autres que des tableaux. Les [cinq] racines, les [cinq] forces, les [sept] facteurs de l'Éveil et les [huit] voies [correctes][3] ne sont

1. Il s'agit des dix épithètes de l'Éveillé-Shâkyamuni : (1) Ainsi-venu <s>*tathâgata*, (2) Digne d'offrande <s>*arhat*, (3) Parfaitement conscient <s>*samyak-sambuddha*, (4) Bien pourvu en science et en pratique <s>*vidyâ-carana-sampanna*, (5) Bien parti <s>*sugata*, (6) Connaissant le monde <s>*lokavid*, (7) Sans supérieur <s>*anuttura*, (8) Dompteur d'homme <s>*purushadamya-sârathi*, (9) Maître des hommes et des dieux <s>*çâstâ-devamanushyânâm* et (10) Vénéré du monde <s>*bhagavat*. Cf. *I. C.*, § 2 274.

2. (1) Le pouvoir de pénétrer son passé et celui des autres ; (2) Le pouvoir de pénétrer son futur et celui des autres ; (3) Le pouvoir de pénétrer son présent et celui des autres. La faculté de connaissance du *tathâgata* est irrésistible dans le passé, le futur et le présent. Pour lui, tout acte du corps, de la parole et de l'esprit est précédé par la connaissance et guidé par elle. Cf. *I. C.*, § 2 276-2 277.

3. (1) Les cinq racines désignent la foi, l'application, la commémoration, la concentration et la sagesse en tant que facultés potentielles. (2) Les cinq forces énumèrent les mêmes facultés que les cinq racines, mais au niveau effectif. (3) Les sept facteurs de l'Éveil désignent le choix, l'application, la joie, l'assurance, l'abandon, la concentration et la commémoration. (4) Les huit voies

autres que des tableaux. Si l'on disait que le tableau n'est pas réel, aucun des dix mille existants ne serait réel non plus. Si aucun des dix mille existants n'était réel, la Loi de l'Éveillé ne serait pas réelle non plus. Si la Loi de l'Éveillé est réelle, la galette en tableau doit donc être réelle.

Un moine demanda un jour au grand maître Unmon Kyôshin (Yunmen Kuangzhen)[1] : « Quel est le propos qui transcende les éveillés et outrepasse les patriarches ? » Le maître dit : « Une galette de riz glutineux. »

Méditez cette parole à tête reposée. Du moment qu'une galette de riz glutineux s'est déjà réalisée comme présence, il doit exister un maître prêchant le propos qui transcende les éveillés et outrepasse les patriarches, un homme de fer qui ne l'entend pas et des étudiants de la Voie qui arrivent à le comprendre. Il y a une parole qui se réalise comme présence. Au moment propice où le maître et le disciple dialoguent à propos d'une galette de riz glutineux, il y a toujours deux ou trois galettes en tableaux. Il y a le propos qui transcende les éveillés et outrepasse les patriarches ; il y a une part qui se communique à l'Éveillé et une part qui se communique au diable.

Mon ancien maître[2] dit : « Les bambous élancés et les bananiers sont entrés dans un tableau. »

---

correctes désignent la vision correcte, la pensée correcte, la parole correcte, l'acte correct, la vie correcte, l'application correcte, la commémoration correcte et la concentration correcte.

1. Unmon Kyôshin (Yunmen Kuangzhen, 864-949), appelé aussi Unmon Bun.en (Yunmen Wenyan), disciple de Seppô Gizon (Xuefeng Yicun, 822-908) et le fondateur de l'école Unmon (Yunmen).

2. Tendô Nyojô (Tiantong Rujing, 1163-1228), le maître qui transmit la Loi à Dôgen au mont Tendô en 1225. S'étant fait moine à dix-neuf ans, Nyojô réalisa l'Éveil auprès du maître Secchô Chôken (Xuedou Chongxian, 980-1052). Après plusieurs années de pérégrinations, il fut nommé supérieur du temple au

Cette expression désigne l'étude du tableau faite par ce qui transcende et outrepasse les tailles longue ou ramassée. Les bambous élancés sont des bambous longs. Bien que ce soient les mouvements des éléments positifs et des éléments négatifs[1] qui font les bambous élancés, ce sont ces derniers qui font les éléments positifs et les éléments négatifs comme les mouvements[2]. C'est pourquoi il y a les mois et les années des bambous élancés. Ces mois et ces années ainsi que ces éléments positifs et ces éléments négatifs ne pourraient être mesurés. Bien que les grands saints [les éveillés] sachent observer ces derniers, ils ne sauraient les mesurer. Car les éléments positifs et les éléments négatifs sont tous deux l'existant égal à l'existant, la mesure égale à la mesure, l'expression égale à l'expression. Les éléments positifs et les éléments négatifs dont on parle maintenant ne sont pas ceux qui concernent le cœur et l'œil des personnes hors de la Voie ou des partisans des deux véhicules, etc. Il s'agit là des éléments positifs et des éléments négatifs des bambous élancés. Il s'agit là des marches astronomiques des bambous élancés, il s'agit là de l'univers des bambous élancés. C'est en tant que parentèle des bambous élancés qu'existent les éveillés des dix

---

mont Tendô (Tiantongshan) en 1225 (selon la version en 1224). Dôgen rencontra ce maître le 1er du cinquième mois de la première année de l'ère Hôkyô (Baoqing) en Chine (1225). En se rappelant ce moment décisif de la rencontre avec Nyojô, Dôgen écrira : « C'est alors que se termina la grande affaire de ma vie (la quête de la Voie). » (« Entretiens sur la pratique de la Voie » [« Bendôwa »], texte supplémentaire n° 1).

1. Il s'agit du *yin* et du *yang* : les facultés masculine et féminine. Selon la cosmologie d'origine chinoise, l'univers entier et tous les existants sont régis par l'interférence de ces deux principes opposés : positif (masculin) et négatif (féminin).

2. Les éléments positifs (*yin*) et les éléments négatifs (*yang*) en tant que principes sont insaisissables et indémontrables en soi. C'est seulement au niveau de leur manifestation, c'est-à-dire dans l'état vivant des bambous élancés, que l'on arrive à les connaître.

directions. Sachez-le, le ciel et la terre sont les racines, les tiges, les branches et les feuilles des bambous élancés. C'est pourquoi ces derniers rendent le ciel et la terre constants, les grands océans et le mont Sumeru* solides. Ils font une maturité ou une non-maturité avec la canne et la spatule du maître.

Puisque les bananiers font de terre, d'eau, de feu, de vent et d'espace ainsi que de cœur (<s>*citta*), de mental (<s>*manas*), de conscience (<s>*vijnâna*), de savoir (<s>*jnâna*) et de sagesse (<s>*prajnâ*) leurs racines, tiges, branches et feuilles ainsi que leurs fleurs, fruits, lumières et couleurs, ils se brisent dans le vent d'automne, revêtus du vent d'automne. Ils ne laissent pas une seule poussière. Il faudrait les qualifier de purs et d'immaculés. Les bananiers n'ont ni muscles ni os au fond de l'œil, ils n'ont ni colle ni patine au fond des formes et couleurs (<s>*rûpa*). Ils ont la libération originelle de soi. Puisque [leur disparition prompte] n'est nullement astreinte à l'idée de rapidité, ce n'est pas la peine de discuter d'un instant ou d'un temps infinitésimal, etc. C'est en relevant ces forces que les bananiers rendent actifs la terre, l'eau, le feu et le vent, et font mourir la grande mort au cœur, le mental, la conscience et le savoir. C'est pourquoi ils ont reçu le printemps, l'automne, l'hiver et l'été en tant qu'ustensiles de leurs œuvres.

Maintenant, toutes ces façons d'être des bambous élancés et des bananiers ne sont autres que des tableaux. C'est ainsi que ceux qui ont obtenu le grand Éveil, qu'ils soient dragon ou serpent, en entendant un claquement de bambou doivent être tous deux des tableaux[1]. N'en doutez pas en prenant cela

1. « Le dragon » désigne métaphoriquement le grand Éveillé, et « le serpent », le petit. La distinction du grand (le dragon) et du petit (le serpent) s'annule cependant dans l'univers du tableau régi de sa propre mesure. Comparer et apprécier des tableaux à partir de leur taille serait dénué de tout sens. Dôgen l'explique dans les lignes suivantes en prenant pour exemple la taille des bambous.

pour une pensée discriminante des saints ou du commun des mortels. La tige de ce bambou-là obtient une grande taille de la sorte, et la tige de ce bambou-ci obtient une petite taille de la sorte. La tige de ce bambou-ci obtient une grande taille de la sorte, et la tige de ce bambou-là obtient une petite taille de la sorte. Puisque tout cela n'est autre que des tableaux, le tableau d'une grande taille correspond toujours au tableau d'une petite taille. S'il existe des tableaux d'une grande taille, cela n'empêche pas qu'il existe aussi des tableaux d'une petite taille. Méditez ce principe en toute clarté. Puisque l'univers entier ainsi que l'existant entier ne sont autres que des tableaux, la Loi (<s>*dharma*, [*hô*]) humaine apparaît à partir du tableau, de même les éveillés et les patriarches se réalisent à partir du tableau.

S'il en est ainsi, n'était une galette en tableau, il n'y aurait pas de remède qui apaise la faim. N'était la faim du tableau, on ne rencontrerait pas un autre homme. N'était le rassasiement du tableau, on n'aurait pas de forces. En général, n'était la faim du tableau, on ne saurait ni obtenir ni exprimer le rassasiement dans la faim et le rassasiement dans l'absence de la faim, le non-rassasiement dans la faim et le non-rassasiement dans l'absence de la faim. Apprenez pour l'instant que tout ce que vous venez d'entendre est une galette en tableau. Lorsque vous étudiez cet enseignement, vous êtes rempli, corps et cœur, si peu que ce soit, du mérite transformant les êtres tout en se laissant transformer par les êtres[1]. Tant que ce mérite ne se présentera pas devant vos yeux, la force de vos études de la Voie ne se sera pas encore réalisée comme présence. Faire

1. Le complément du terme « mérite » montre une structure réflexive qui s'articule entre le sujet et l'objet, l'actif et le passif avec le verbe « transformer » [*ten*] au milieu : le mérite transformant les êtres [*ten butsu*] tout en se laissant transformer par les êtres [*butsu ten*].

se réaliser ce mérite comme présence, voilà la réalisation comme présence du tableau de l'Éveil attesté.

« Une galette en tableau » [« Gabyô »],

le texte n° 24 de *La Vraie Loi, trésor de l'Œil* [*Shôbôgenzô*].

Exposé le 5 du onzième mois de la troisième année de l'ère Ninji (1242) dans le monastère Kannondôri-kôshô-hôrin-ji.

Transcris le 7 du onzième mois de la même année dans la salle d'accueil du monastère.

Ejô

Sansui kyô

Montagnes et rivières comme soutra [1]

« Montagnes et rivières comme soutra » [« Sansui kyô »] fut exposé le 18 du dixième mois de la première année de l'ère Ninji (1240) au monastère Kôsho-ji. Le thème de la Nature figure au centre du texte. Le discours se fonde sur l'identité réciproque de l'univers du phénomène (montagnes et rivières, [*sansui*]) et de l'univers du langage (soutra, [*kyô*]), et manifeste un mouvement logique très soutenu. Voici les deux premiers versets : « Les montagnes et les rivières de ce Présent sont la réalisation comme présence de la Voie (la parole, [*Dô*]) des anciens éveillés. En demeurant à son niveau de la Loi, chacune d'elles réalise ses ultimes mérites. »

Pour déchiffrer cette écriture vivante du phénomène (la

1. Le présent texte, « Montagnes et rivières comme soutra » [« Sansui kyô »], place au premier plan la question de la Nature. Or, aussi curieux que cela puisse paraître aux yeux des Occidentaux, le mot « nature » [*shizen* (ziran)] – qui veut dire littéralement « ce qui advient spontanément », « ce qui est tel quel par soi-même » – ne commencera à être reconnu en tant que nom qu'en 1891, dans le grand dictionnaire japonais *Genkai*. Le mot *shizen* n'est que la traduction du concept occidental de « Nature », concept qui n'existait pas dans la tradition de pensée sino-japonaise. C'est par le mot composé *sansui* (montagnes et rivières) que la culture sino-japonaise désigne traditionnellement la « Nature » dans sa concrétude et avec toute sa pureté et sa noblesse. Lorsque Dôgen emploie le mot « nature » [*shizen*] en tant qu'épithète, c'est toujours contre l'hérésie naturaliste dépourvue de la dimension de la pratique. Cf. Jacques Joly, *La Réception de l'idée occidentale de nature au Japon au XIXe siècle*, *Actes du XXVe Congrès de ASPLF*, p. 117-124, Lausanne, 1994.

Nature), écriture qui n'est autre que la parole des anciens éveillés, il faut découvrir la parfaite correspondance entre le visible et l'invisible, la surface et la profondeur. C'est pourquoi les sages et les saints entrent au sein des montagnes et y font leur séjour afin de pénétrer la profondeur du phénomène et de voir l'invisible au sein même du visible.

La formule « montagnes et rivières » de ce Présent ne réapparaît que dans la finale du texte, après un long détour par la question de la Voie, sous la forme d'une proposition identique du type A=A. « Un ancien éveillé dit : "La montagne est la montagne, l'eau est l'eau." » Dôgen illustre le sens de ce retour A=A en répétant deux propositions absolument identiques à l'aide d'un jeu graphique : « Cette parole, explique-t-il, ne veut pas dire que la *montagne* est la *montagne*, mais que la *montagne* est la montagne. » La première proposition A=A, qui a le sens de l'immédiateté immédiate, est d'abord niée pour être ensuite affirmée comme une immédiateté médiatisée par la même proposition A=A, qui revêt alors un sens réflexif. Aux yeux de l'éveillé, la nature n'est pas la nature, mais la Nature : la même et tout autre que la nature telle qu'elle est perçue par le commun des mortels.

« Montagnes et rivières comme soutra » [« Sansui kyô »] présente, sous forme d'un hymne à la Nature, l'un des plus frappants paradoxes de la pensée de Dôgen. La Nature n'est pas de l'ordre du naturel, mais elle doit être gagnée comme le point de départ du mouvement « dialectique ». Le savoir ne suffit pas. La purification n'est pas de l'ordre de l'idéalisme. C'est par la pratique que l'homme et la nature doivent être unis à leur pureté originelle dans la co-réflexivité plénière entre le sujet et l'objet, l'esprit et la matière. Parmi tous les écrits de Dôgen, « Montagnes et rivières comme soutra »

[« Sansui kyô »] est le seul texte qui comporte dans son titre le caractère sino-japonais *kyô* : le soutra. Il s'agit d'un des chefs-d'œuvre du *Trésor*, autant par sa beauté littéraire que par sa puissance spéculative.

Les montagnes et les rivières de ce Présent sont la réalisation comme présence de la Voie [la parole, [*dô*])[1] des anciens éveillés. En demeurant à son niveau de la Loi, chacune d'elles réalise ses ultimes mérites. Puisque cet état précède l'éon (<s>*kalpa*) de la Vacuité[2], il constitue l'activité quotidienne de ce Présent. Puisque le Soi précède tout paraître du monde phénoménal, il transparaît en se réalisant comme présence. Les mérites (<s>*guna*, [*kudoku*])[3] des montagnes sont si

1. Le terme sino-japonais *dô* (dao), que nous traduisons par la « Voie », signifie aussi « la parole, l'expression, (le) dire », etc., et en chinois, le *dao* désigne aussi l'Éveil. Ici, le symbolisme du livre est sous-jacent. La correspondance entre l'univers du phénomène et l'univers du langage est un thème qui traverse l'ensemble du *Trésor* comme une sorte de basse continue. Si l'univers du langage s'inscrit dans le domaine du symbolique, l'univers du phénomène en tant que « métaphore » de la nature de l'Éveillé se présente lui aussi sous la forme de l'écriture, de l'écriture vivante ; il doit être lu et déchiffré comme si l'on se trouvait devant un texte. « Ce qui est appelé "les écritures" [dit Dôgen] est cet univers entier des dix directions. Il n'y a ni le temps, ni le lieu qui ne soient pas les écritures. [...] La forme longue et la forme courte, le carré et le rond, et le bleu et le jaune, le rouge et le blanc qui s'effleurent comme des forêts dans cet univers entier des dix directions sont tous les lettres et la surface des écritures. » (« Les écritures bouddhiques » [« Bukkyô »], n° 47).

2. Selon la cosmologie bouddhique, le temps – cyclique – du Cosmos se divise en quatre éons : de réalisation, de conservation, de destruction et de Vacuité, et ces quatre éons se succèdent à l'infini. L'éon de la Vacuité désigne donc l'état indifférencié qui précède l'apparition de ce monde phénoménal.

3. Le mot « mérite » a généralement mauvaise presse, car la pratique religieuse doit consister à renoncer à toute idée de mérite au sens de promotion

hauts, si vastes que, monté sur les nuages, l'acquis de la Voie pénètre toujours et partout depuis les montagnes. La merveilleuse bénédiction du bon vent transparaît certainement depuis les montagnes.

Le supérieur Kai[1] au mont Taiyô (Dayangshan), lors d'une instruction collective, dit : « Les montagnes bleues marchent constamment, la femme de pierre enfante la nuit. »

Les montagnes ne manquent jamais de mérites qui doivent être les leurs. C'est pourquoi elles sont constamment au repos, et constamment en marche. Il faut justement étudier minutieusement le mérite de cette marche. Puisque la marche des montagnes doit être comme la marche des hommes[2], ne doutez pas de celle-là, même si elle ne paraît pas semblable au pas des hommes. La prédication du patriarche indique déjà la marche des montagnes, et en obtient l'essentiel. Discernez et méditez à fond cette instruction sur la *marche constante*.

C'est grâce à la marche que les montagnes restent constantes. Bien que la marche des montagnes bleues soit plus rapide que le vent, ceux qui habitent au sein des montagnes ne la perçoivent ni ne la connaissent. Le sein des montagnes signifie l'éclosion des fleurs au cœur du monde[3]. Ceux qui

---

personnelle. En ce qui concerne le mérite [*kudoku*] dans le bouddhisme, il s'agit pourtant du fruit de la pratique, fruit de purification et de dépouillement comme la Nature le manifeste dans sa pureté originelle. Avec le mot « mérite », nous laissons ce paradoxe comme tel : dans ce « mérite » bouddhique, l'acquisition et la perte ne font qu'un. Cf. *I. C.*, § 2 310-2 311.

1. Fuyô Dôkai (Xiaorong Daokai, 1043-1118), septième patriarche de l'école du Zen (Chan) Sôtô (Caodong).

2. Autrement dit, aux yeux du commun des mortels, la « marche » des hommes (la marche du Soi) est aussi méconnaissable que la marche des montagnes.

3. Évocation du vers final de la stance d'adieu du vingt-septième patriarche indien Han.nyatara (<s>Prajnâtara), le maître du vingt-huitième patriarche indien et le premier patriarche chinois Bodhidharma : « Une fleur éclôt, le monde se lève. »

vivent hors des montagnes ne perçoivent ni ne connaissent la marche des montagnes. Ceux qui n'ont pas l'œil pour voir les montagnes ne la perçoivent ni ne la connaissent, ni ne la voient, ni ne l'entendent ; voilà le principe.

Si vous doutez de la marche des montagnes, c'est que vous ne connaissez pas la marche du Soi qui est la vôtre. Cela ne veut pas dire que vous soyez dépourvu de la marche du Soi, mais celle-ci ne vous est pas encore connue, ni clarifiée. Ceux qui veulent connaître la marche du Soi doivent justement connaître aussi la marche des montagnes bleues. Les montagnes bleues ne sont déjà ni de l'ordre de l'animé (<s>*sattva*) ni de l'ordre de l'inanimé. Le Soi n'est déjà ni de l'ordre de l'animé ni de l'ordre de l'inanimé. Il est maintenant impossible de mettre en doute la marche des montagnes bleues. Vous ne savez pas qu'il vous faut éclairer et refléter les montagnes bleues prenant pour mesures et échelles une multitude de plans de la Loi (<s>*dharma-dhâtu*, [*hokkai*]). Examinez avec clarté la marche des montagnes bleues ainsi que la marche du Soi qui est la vôtre. Examinez également la marche en arrière et cet arrière en marche. Il faut examiner le fait que, depuis ce juste-moment qui précède le paraître du monde phénoménal et depuis l'éon où régnait le roi de la Vacuité, il n'y a jamais eu d'arrêt dans cette marche et en avant et en arrière.

Si la marche connaissait le moindre arrêt, ni l'Éveillé ni les patriarches ne se manifesteraient. Si la marche avait atteint ses limites, la Loi de l'Éveillé n'aurait pu parvenir jusqu'à nos jours. Ni la marche en avant ni la marche en arrière ne se sont interrompues. Le moment de la marche en avant ne contrarie pas la marche en arrière, et le moment de la marche en arrière ne contrarie pas la marche en avant. C'est ce mérite qu'expriment l'*écoulement des montagnes* et les *montagnes en écoulement*. Puisque les montagnes bleues aussi méditent leur marche à fond et que la Montagne de l'est aussi fait l'étude de son aller sur l'eau, cette étude est l'étude des montagnes. Sans changer ni cœur ni corps, et tout en gardant leur figure telle quelle, les montagnes n'ont jamais cessé d'étudier les montagnes en faisant des tours et des détours. Ne les diffamez pas en disant que les montagnes bleues ne sauraient marcher et que la Montagne de l'est ne saurait aller sur l'eau. C'est à cause de son point de vue peu élevé et grossier que le commun des mortels met en doute la proposition *les montagnes bleues marchent*. C'est à cause de ses petites connaissances bornées qu'il s'étonne du mot *montagnes en écoulement*. Bien que le terme *eau en écoulement* passe partout sans difficulté, le commun des mortels reste submergé dans la petitesse de ce qu'il voit et de ce qu'il entend.

Tous leurs mérites ainsi relevés constituent la forme, le nom et la vie ininterrompue des montagnes. Il y a la marche et l'aller en écoulement. Il y a le moment favorable où les montagnes enfantent des montagnes. C'est grâce au principe selon lequel les montagnes deviennent l'Éveillé et les patriarches que ces derniers se sont ainsi manifestés. Même si, par moments, votre œil ne voit se réaliser comme vision que des herbes, des arbres, de la terre, des cailloux, des haies et des murs, n'en doutez pas, ne soyez pas troublé, car ce n'est pas la Totalité des montagnes qui se réalise comme présence. Même si le moment favorable se réalise comme présence de telle sorte que les montagnes vous paraissent comme la splendeur des sept joyaux, ce n'est pas l'aspect réel des montagnes. Même si votre vision se réalise comme présence de telle sorte que les montagnes vous paraissent comme l'enceinte où les éveillés pratiquent la Voie, ce n'est pas forcément l'endroit auquel vous devriez vous attacher. Même si la réalisation comme présence de votre vision atteint son sommet de telle sorte que les montagnes vous paraissent comme les merveilleux mérites des éveillés, l'Identité suprême (<s>*tathatâ*, [*nyoze jissô*])* des montagnes ne s'épuise pas avec eux.

Chacune de ces réalisations comme vision dépend des rétributions directe et indirecte de chacun. Il ne faut pas les considérer comme les œuvres de la Voie de l'Éveillé et des patriarches ; celles-là ne sont que des vues étroites et partielles. Les grands saints reprochent de prendre le cœur [l'esprit, <s>*citta*, [*shin*]] pour l'objet [l'environnement, <s>*gocara*, [*kyô*]] et l'objet pour le cœur moyennant leur interaction. L'Éveillé et les patriarches n'agréent pas de discourir du cœur et de la nature comme entités intrinsèques. Voir le cœur et la nature constitue l'activité quotidienne des personnes hors de la Voie. S'attarder aux mots et aux propositions n'est pas une expression de la délivrance. Ces mots et ces propositions, il en existe cependant qui transparaissent du tréfonds, c'est-à-dire : *les montagnes bleues marchent constamment* ou bien *la Montagne de l'est va sur l'eau.* Méditez-les méticuleusement.

« La femme de pierre enfante la nuit » veut dire que c'est le moment où *enfante la femme de pierre* qui est appelé *la nuit.* Il y a les pierres masculines et les pierres féminines ainsi que les pierres qui ne sont ni masculines ni féminines. Elles soutiennent bien le ciel et la terre. Il y a les pierres célestes et les pierres terrestres. Voilà ce que disent les profanes, mais peu d'hommes le connaissent. Il faut connaître le principe de l'enfantement. Au moment de l'enfantement, la transformation s'opère-t-elle également et du côté du parent et du côté de l'enfant ? N'apprenez pas seulement que l'enfantement se réalise comme présence au moment où l'enfant devient parent, mais apprenez aussi que le moment où le parent devient enfant[1] constitue la pratique et l'attestation de l'enfantement qui se réalise comme présence. Réfléchissez-y à fond.

Le grand maître Unmon Kyôshin (Yunmen Kuangzhen) dit : « La montagne de l'est[2] va sur l'eau. » Voici l'essentiel de cette expression qui s'est réalisée comme présence : les montagnes sont la Montagne de l'est, et toutes les montagnes de l'est vont sur l'eau. C'est pourquoi les neuf montagnes[3], le mont Sumeru, etc. se réalisent comme présence, et ils pratiquent et attestent l'Éveil. C'est ce qui est appelé la Montagne de l'est. Et pourtant comment Unmon pourrait-il transparaître de la peau, de la chair, des os et de la moelle de la Montagne de l'est ainsi que de sa pratique, de son attestation de l'Éveil et de son activité quotidienne ?

1. L'un des thèmes récurrents dans le *Trésor* : au moment de l'enfantement, au moment capital de la production, la linéarité du temps et la fixité de l'espace sont abolies dans la compénétration plénière du passé-présent-futur, du dedans-dehors, du ciel-terre, d'une seule poussière et du plan de la Loi. « Au moment du *Soutra du Lotus* [écrit Dôgen] le père est toujours jeune et l'enfant toujours vieux. Cela ne veut pas dire que l'enfant ne soit pas enfant, et que le père ne soit pas père. Il faut justement apprendre que c'est l'enfant qui est vieux, et le père qui est petit. » (« La Rotation du *Soutra du Lotus* dans le *Soutra du Lotus* » [« Hokke ten hokke »], texte supplémentaire n° 1).

2. Précisons bien que, dans cette parole du maître Unmon (Yunmen), « la montagne de l'est » est employé en tant que nom propre : la montagne Dongshan où se trouvait le monastère d'Unmon (Yunmenshan). Voici le dialogue original du maître Unmon avec un moine : « Un moine demanda : "Quelle est l'origine de tous les éveillés ?" Le maître dit : "La montagne de l'est va sur l'eau." Le moine demanda : "Voulez-vous m'indiquer la route d'accès ?" Le maître dit : "Manger du bouilli, manger du riz." » Or, Dôgen reprend le même mot : « la montagne de l'est », non pas en tant que nom propre (*Dongshan*), mais en tant que nom métaphorique qui doit désigner « toutes les montagnes » : la Montagne de l'est. Comme nous allons le constater dans les lignes qui suivent, l'estime que Dôgen réservait au maître Unmon était assez mitigée dès le début.

3. Selon la cosmologie bouddhique, le mont Sumeru, mont axial du monde, est entouré de neuf chaînes annulaires de montagnes, séparées par autant d'océans. Cf. *I. C.*, § 2 259.

De nos jours, il existe en Chine sous la dynastie des Song une espèce de moines fautifs[1], qui sont maintenant devenus légion. Une méchante dose de vérité ne saurait les frapper. D'après eux, des propos tels que « la Montagne de l'est va sur l'eau » ainsi que « *la faucille de Nansen [Nanquan]*[2] » sont impossibles à comprendre. Ils entendent par là que les propos qui relèvent de toutes les sortes de l'acte de penser ne sont pas les propos Zen de l'Éveillé et des patriarches, et que seuls les propos impossibles à comprendre appartiennent à ces derniers. C'est pourquoi le coup de bâton d'Ôbaku

1. Selon notre hypothèse, ce sont les adeptes de la doctrine du Kyôge betsuden (la transmission spéciale en dehors des écritures) qui sont les cibles de la critique. D'après cette doctrine, l'essence de l'enseignement du Zen telle qu'elle a été transmise par le vingt-huitième patriarche indien et le premier patriarche chinois Bodhidharma ne peut être exprimée par les lettres [*furyû monji*]. Celle-ci doit être transmise de cœur à cœur [*ishin denshin*] à travers l'expérience directe de chaque personne. L'école Zen, centrée sur la méditation assise, s'oppose en effet dès son origine à la tradition scripturo-centrique des écoles « scolastiques », et se considère avec fierté comme l'unique école bouddhique transmettant l'essence de l'enseignement en dehors des écritures. Certains courants de l'école Zen (Chan) sous la dynastie des Song finirent par édicter leur « doctrine » – non rationnelle – dans le mépris complet du langage et de la raison. Or, la position de Dôgen est toute singulière. Celle-ci englobe à la fois la tradition des écoles « scolastiques » – par respect de l'écriture – et celle du Zen – par primauté de la méditation assise – sans s'identifier ni à la première ni à la seconde. « Dire [déclare Dôgen] qu'il faut transmettre avec justesse seulement le cœur [l'essence], et non l'enseignement de l'Éveillé, cela veut dire qu'ils [les adeptes de la doctrine de Kyôge betsuden] ne savent pas la Loi de l'Éveillé. [...] Ce qui est appelé le cœur du meilleur Véhicule n'est autre que les douze catégories des écritures des trois véhicules. [...] En croyant la doctrine de la transmission spéciale en dehors des écritures qui est fausse, ne vous fourvoyez pas dans l'enseignement de l'Éveillé. » (« L'enseignement de l'Éveillé » [« Bukkyô »], n° 34).

2. Nansen Fugan (Nanquan Puyuan, 748-834), disciple de Baso Dôichi (Mazo Daoyi, 709-788). « La faucille de Nansen » évoque le dialogue suivant : « Un jour, lorsque Nansen travaillait dans les montagnes, un moine qui passait lui demanda : "Quelle est la route pour Nansen ?" Nansen leva sa faucille et dit : "J'ai acheté cette faucille à trente sapèques." Le moine dit : "Il m'est indifférent que votre faucille vaille trente sapèques, mais quelle est la route pour Nansen ?" Nansen répondit : "Maintenant que je m'en sers, elle tranche à merveille." »

(Huangbo)[1] ainsi que le hurlement de Rinzai (Linji)[2] sont inaccessibles à la compréhension, et ils ne relèvent pas du penser. C'est ce qu'on appelle le grand Éveil qui précède le tout paraître du monde phénoménal. Si les anciens ont souvent tranché, à titre d'expédients salvifiques (<s>*upâya*)*, l'entrelacement des lianes [*kattô*][3], c'est parce que cela est impossible à comprendre.

Ceux qui parlent de la sorte n'ont jamais rencontré de vrais maîtres ; ils n'ont pas d'œil pour l'étude. Ce sont des petits chiens qui ne méritent aucune attention. Sur le sol des Song, depuis presque deux ou trois cents ans, prolifèrent des diables, des religieux hérétiques et des chauves [les moines indignes de leur nom] de la sorte. Que c'est lamentable ! La grande Voie de l'Éveillé et des patriarches est en déclin. Ce qu'ils croient comprendre vaut encore moins que la compréhension des Auditeurs du Petit Véhicule (<s>*çrâvaka*)*, et ils sont plus stupides que les personnes hors de la Voie. Ils ne sont ni laïcs ni religieux, ni hommes ni dieux, et encore plus stupides que les animaux qui apprennent la Voie de l'Éveillé[4]. Les propos impossibles à comprendre dont vous, les chauves, parlez, ne sont impossibles à comprendre que pour vous. Il en va tout autrement pour l'Éveillé et les patriarches. Sous prétexte que ces propos vous restent impossibles à comprendre, vous

1. Ôbaku Kiun (Huangbo Xiyun, mort entre 855-9), disciple de Hyakujô Ekai (Baizhang Huaihai, 720-814).

2. Rinzai Gigen (Linji Yixuan, mort en 866), disciple d'Ôbaku et le fondateur de l'école Rinzai (Linji).

3. Dans la terminologie de l'école Zen, « l'entrelacement des lianes » [*kattô*] désigne l'embrouillement ou la complication des idées dus à de vaines disputes doctrinales ou aux fioritures du langage. L'école Zen enseigne volontiers qu'il faut trancher cet entrelacement des lianes, ce surplus de lettres et de paroles pour accéder directement au cœur de l'enseignement.

4. Évocation de la légende bouddhique selon laquelle le dragon, par exemple, apprit la Loi de l'Éveillé.

ne devriez pas refuser d'apprendre les chemins de la compréhension chez l'Éveillé et les patriarches. Si les propos en question s'avèrent finalement impossibles à comprendre, la compréhension dont vous parlez maintenant ne saurait non plus être appropriée.

Les gens qui parlent de la sorte sont nombreux dans toutes les régions sous la dynastie des Song, c'est ce que j'ai vu et entendu par moi-même. Que c'est lamentable ! Ils ne savent pas que le penser n'est autre que le langage et que le langage transparaît du penser. Lors de mon séjour sous la dynastie des Song, alors que je me moquais d'eux, ils restaient sans un mot, ne sachant rien me répondre. L'incompréhension qu'ils allèguent maintenant n'est qu'une affaire de mauvaise volonté. Qui aurait pu leur donner un enseignement pareil ? Quoique le sort ne leur ait pas permis de rencontrer des maîtres authentiques, ce sont des enfants nés hors de la Voie.

Sachez-le, cette expression « la Montagne de l'est va sur l'eau » est les os et la moelle de l'Éveillé et les patriarches. Les eaux se réalisent comme présence aux pieds de la Montagne de l'est. C'est pourquoi les montagnes, montées sur les nuages, marchent dans les cieux. Le sommet des eaux est les montagnes ; les marches ascendante et descendante des montagnes se font toutes deux sur les eaux. Les orteils des montagnes se posent si bien sur les eaux qu'ils font jaillir et cascader celles-ci. La marche des montagnes s'étend ainsi dans toutes les directions, et la pratique et l'attestation de l'Éveil s'effectuent [sans souillure] comme si elles n'existaient pas[1].

1. Ici, la doctrine de la pratique et de l'Éveil sans souillure [*fuzen.na no shûshô*] est sous-jacente. Voir « La manière de la méditation assise » [« Zazengi »] (n° 11), note n° 2, p. 59.

L'eau n'est ni force ni faiblesse, ni humidité ni sécheresse, ni mouvement ni repos, ni fraîcheur ni douceur, ni être ni non-être, ni égarement ni Éveil. Coagulée, elle est plus dure que le diamant ; qui pourrait la briser ? Fondue, elle est plus tendre que le lait ; qui pourrait la briser ? Ainsi, nul ne saurait mettre en doute tous les mérites que l'eau réalise comme présence. Faites pour l'instant l'étude du moment favorable où l'eau des dix directions doit être perçue et observée depuis les dix directions. Il ne s'agit pas seulement de l'étude du moment où les hommes et les dieux perçoivent l'eau, mais aussi de l'étude de l'eau qui se perçoit d'elle-même[1]. Puisque l'eau pratique et atteste l'eau, il peut y avoir une méditation de l'eau qui s'exprime elle-même. Il faut réaliser comme présence le passage où le Soi rencontre le Soi ; il faut avancer et reculer sur le chemin vital où l'autre pénètre l'autre jusqu'au fond, et passer outre.

En général, la manière de percevoir les montagnes et les rivières diffère selon les espèces. Certaine espèce perçoit l'eau comme joyau. Cependant, elle ne perçoit pas le joyau comme eau. Sous quelle forme percevons-nous ce qu'elle perçoit comme eau ? Je perçois comme eau ce qu'elle perçoit comme joyau. Certaine espèce perçoit l'eau comme fleurs merveilleuses. Cependant elle n'utilise pas les fleurs comme eau. L'ogre perçoit l'eau comme feu dévorant, il la perçoit comme pus et sang. Le poisson et le dragon perçoivent l'eau comme palais, ils la perçoivent comme belvédère. Certaine espèce la perçoit comme les sept pierres précieuses et le joyau *mani*[2].

1. La vision « mystique » telle qu'elle est conçue chez Dôgen est essentiellement la vision de soi-même. Chaque être sculpte sa propre image en pénétrant le tréfonds de soi-même pour que ce fond – sans fond – transparaisse de soi (en soi) [*tôdatsu*] et se réalise comme présence [*genjô*].

2. *Mani* est une transcription phonétique du mot original en sanscrit *mani*. Il est dit que le joyau *mani* excerce le pouvoir magique effaçant le mal, purifiant l'eau et écartant le malheur et toutes calamités.

Certaine la perçoit comme forêts, bois, haies et murs. Certaine la perçoit comme la nature de la Loi (<s>*dharmatâ*, [*hos-shô*])* qui la purifie et la délivre. Certaine la perçoit comme vrai corps de l'homme. Certaine la perçoit comme aspect du corps et nature du cœur. L'homme la perçoit comme eau. Voilà les relations circonstancielles (<s>*nidâna*) qui sont une question vitale pour nous.

Les perceptions diffèrent déjà selon les espèces. Mettez celles-là en doute pour l'instant. Faudrait-il considérer que les espèces perçoivent différemment un seul objet ou bien qu'elles prennent à tort divers phénomènes pour un seul objet ? Parvenus au sommet de vos recherches, allez encore plus avant. S'il en est ainsi, il doit aussi exister plusieurs manières de pratiquer la Voie et d'attester l'Éveil ; il doit aussi exister mille et dix mille sortes d'états ultimes de l'Éveil.

Si nous poursuivons encore cette méditation, c'est comme s'il n'existait ni l'eau en soi ni les eaux différentes, bien qu'il existe beaucoup d'eaux différentes. Cependant, les eaux différentes selon les espèces ne dépendent ni du cœur ni du corps ; elles ne se produisent pas non plus à partir du karma (<s>*karman*)*. Elles ne dépendent ni du moi ni de l'autre. C'est l'eau qui transparaît de l'eau elle-même. Ainsi, quoique l'eau ne soit ni terre, ni eau, ni feu, ni vent, ni espace, ni conscience, etc., qu'elle ne soit ni bleue, ni jaune, ni rouge, ni blanche, ni noire, etc., et qu'elle ne soit ni formes, ni sons, ni parfums, ni saveurs, ni contacts, ni entités[1], etc, l'eau se réalise d'elle-même comme présence, comme eau de terre, eau d'eau, eau de feu, eau de vent, eau d'espace, etc. Il doit être

1. Énumération des objets des six organes sensoriels : la vue, l'ouïe, l'odorat, le goût, le toucher et la conscience (<s>*vijnâna*, [*Shiki*]). L'entité (<s>*dharma*, [*hô*]) est l'objet du sixième sens : la conscience.

donc difficile de dire clairement qui aurait réalisé le domaine et les palais de ce Présent, et de quoi ils sont faits. Dire qu'ils reposent sur les anneaux de l'espace et du vent[1] n'est vrai ni pour celui qui dit, ni pour celui qui écoute ; c'est s'en tenir aux supputations d'esprits bornés. Ceux qui disent de la sorte s'imaginent que les choses ne sauraient demeurer si elles ne reposent sur rien.

L'Éveillé dit : « Tous les existants (<s>*dharma*, [*hô*]) sont en dernier lieu la délivrance de soi ; ils ne sont à demeurer nulle part. »

Sachez-le, bien qu'ils soient délivrés et affranchis de toutes attaches, les existants demeurent à leurs niveaux [de la Loi]. Cependant, quand l'homme voit l'eau, il s'obstine à voir seulement que l'eau coule et se déverse sans demeurer. L'eau a une multitude de manières de couler, et ce que l'homme voit n'en est qu'une partie. C'est-à-dire que l'eau coule partout sur la terre et aux cieux, elle coule partout vers le haut et vers le bas, et elle s'écoule aussi jusqu'à un méandre et aux neuf abîmes[2]. Ascendante, elle fait des nuages, descendante, elle fait des gouffres.

Dans le *Monshi (Wenzi)*[3], il est écrit : « Montée aux cieux, la voie de l'eau fait pluies et rosées, descendue sur la terre, elle fait fleuves et rivières. »

Même un livre profane s'exprime ainsi. Ce serait le comble de la honte si ceux qui se prétendent les descendants de

1. Selon la cosmologie bouddhique, la terre repose sur quatre anneaux : du métal, de l'eau, du vent et de l'espace. L'anneau de l'espace se trouve au niveau le plus inférieur, suivi de celui du vent.

2. Il s'agit des neuf océans qui entourent le mont Sumeru. Voir la note 3, p. 123.

3. Un corpus taoïste également appelé, depuis la dynastie des T'ang, *Le Soutra réel de l'arcane* [*Tsûgenshinkyô*, (*Tongxuan zhenjing*)], en deux livres.

l'Éveillé et des patriarches étaient moins éclairés que les profanes. Voici le sens de ce qui est dit : quoique la voie de l'eau ne soit pas objet de perception pour l'eau, celle-ci sait bien la rendre visible. Quoique la voie de l'eau ne reste pas sans être perçue de l'eau, celle-ci sait bien la rendre visible.

Montée aux cieux, la voie de l'eau fait pluies et rosées. Sachez-le, l'eau fait pluies et rosées, montée à une multitude des plus hauts cieux et à une multitude de directions ascendantes. Les pluies et les rosées diffèrent selon les mondes. Dire qu'il y a des endroits que l'eau ne saurait atteindre relève de l'enseignement du Petit Véhicule et des Auditeurs ou bien d'une doctrine pernicieuse hors de la Voie. L'eau atteint même le milieu des flammes ; elle atteint même le cœur de la conscience, de la pensée et de la discrimination ; elle atteint même le sein de l'Éveil (<s>*bodhi*), de la Sagesse (<s>*prajnâ*) et de la nature de l'Éveillé (<s>*buddhatâ*)*.

Descendue sur la terre, la voie de l'eau fait fleuves et rivières. Sachez-le, lorsque l'eau descend sur la terre, elle fait fleuves et rivières. L'esprit des fleuves et des rivières sait se transformer en sages. Le commun des mortels et les épigones s'imaginent que l'eau se trouve toujours dans les rivières, les fleuves, les mers et les ruisseaux. Tel n'est pas le cas : c'est dans l'eau que se forment les rivières et les mers. Ainsi l'eau existe-t-elle là où il n'y a ni rivières ni mers. Ce n'est que lorsque l'eau descend sur la terre qu'elle opère la bénédiction des rivières et des mers. N'apprenez pas non plus que, là où l'eau a formé rivières et mers, il ne doit exister ni le monde ni la terre de l'Éveillé. Même dans une seule goutte d'eau se réalisent comme présence d'innombrables domaines de l'Éveillé. Ainsi, ce n'est pas dans la terre de l'Éveillé qu'existe l'eau ; ce n'est pas non plus au milieu de l'eau qu'existe la terre de l'Éveillé. La demeure de l'eau ne concerne ni les trois temps – le passé, le présent et le futur –, ni le plan de la Loi. Et, bien que ce soit ainsi, voilà le *kôan* de l'eau qui se réalise comme présence.

Là où parviennent l'Éveillé et les patriarches, l'eau parvient toujours. Là où parvient l'eau, l'Éveillé et les patriarches se réalisent toujours comme présence. C'est pourquoi ces derniers, en triturant de l'eau, font toujours leur corps, leur cœur et leurs pensées. Il n'est donc dit ni dans les écritures bouddhiques ni dans les écritures non-bouddhiques que l'eau ne monte pas vers le haut. La voie de l'eau pénètre partout en haut et en bas, aussi bien verticalement qu'horizontalement.

Il est pourtant écrit dans un soutra bouddhique que le feu et le vent se dirigent vers le haut, et la terre et l'eau vers le bas. Ce haut et ce bas donnent à réfléchir. C'est-à-dire qu'il faut étudier le haut et le bas de la Voie de l'Éveillé. On appelle *le bas* l'endroit vers lequel se dirigent la terre et l'eau ; ce n'est pas vers le bas que se dirigent la terre et l'eau. L'endroit vers lequel se dirigent le feu et le vent est *le haut*. Bien que le plan de la Loi (<s>*dharma-datû*, [*hokkai*]) ne concerne pas toujours la mesure du haut et du bas, ni celle des quatre directions – l'est, l'ouest, le nord et le sud –, on construit provisoirement le plan de la Loi orienté suivant les mouvements des quatre éléments [la terre, l'eau, le feu et le vent], des cinq [la terre, l'eau, le feu, le vent et l'espace] ou des six [la terre, l'eau, le feu, le vent, l'espace et la conscience], etc. N'imaginez pas que le Ciel d'ataraxie [*musôten*][1] soit en haut, et l'Enfer des souffrances sans intermittence (<s>*avîci*)* en bas. L'Enfer est aussi sur la totalité du plan de la Loi ; le Ciel est aussi sur la totalité du plan de la Loi.

1. Le Ciel d'ataraxie est considéré par les gens hors de la Voie comme l'état suprême du Nirvâna dans lequel s'arrêtent toutes fonctions mentales et psychiques.

N'imaginez donc pas que, lorsque le dragon et le poisson perçoivent l'eau comme palais, cela doive être comme si l'homme percevait un palais, palais d'eau qui ne cesse de couler. Si un tiers observateur leur expliquait : « Votre palais est de l'eau qui coule », ce serait comme si nous entendions parler des montagnes qui s'écoulent. Ils seraient aussitôt frappés de stupeur et de doute, ou bien ils pourraient s'entêter à raconter comment se présentent les rampes, les escaliers et les colonnes de leurs palais et belvédères. Méditez à tête reposée, sans vous lasser, ce mystère [de la perception]. Si vous n'apprenez pas à transparaître de cette surface partielle, vous n'êtes pas encore délivré du corps et du cœur du commun des mortels ; vous n'avez encore pénétré à fond ni les domaines de l'Éveillé et des patriarches, ni les domaines et les palais du commun des mortels.

Si l'homme perçoit en profondeur comme eau le cœur des mers et le cœur des rivières, il ignore encore ce que les autres espèces, telles que le dragon, le poisson, etc., perçoivent et utilisent comme eau. Ne considérez pas stupidement que l'eau telle que vous la percevez soit utilisée comme eau par toutes les espèces. Lorsque vous étudiez l'eau, vous qui faites maintenant l'étude de l'Éveillé, vous ne devez pas vous attarder uniquement à l'homme, mais faites volontiers l'étude de l'*eau*[1] de la Voie de l'Éveillé. Étudiez sous quelle forme nous

1. Ici, le substantif « eau » est écrit en *hiragana*. Dans notre traduction, le mot écrit en *hiragana* est mis en italique. Rappelons que les caractères sino-japonais : *kanji* sont idéographiques, tandis que les lettres proprement japonaises, *hiragana*, sont phonétiques. Les premiers sont de l'ordre de la représentation, et les dernières, de l'ordre de l'abstraction – à l'exemple des alphabets occidentaux. Dans le *Trésor*, qui s'appuie essentiellement sur des sources chinoises, le *hiragana* nous semble indiquer un moment de transition dans la pensée, un processus d'abstraction coïncidant avec celui de la lecture, de la réflexion et du déchiffrement. Au terme de ce parcours, les sources chinoises en idéogrammes (l'image) sont donc revêtues d'une dimension

percevons l'eau telle qu'elle est utilisée par l'Éveillé et les patriarches ; étudiez également si l'eau existe ou non au cœur de la maison de l'Éveillé et des patriarches.

Les montagnes sont la demeure des grands saints depuis le temps qui surpasse tous les passés et tous les présents. Les sages et les saints font des montagnes leur ermitage. Ils font des montagnes leurs corps et cœur. C'est grâce aux saints et aux sages que les montagnes se réalisent comme présence. Quoiqu'il nous paraisse qu'une multitude de grands saints et une multitude de grands sages se sont rassemblés dans les montagnes, une fois entré dans les montagnes, personne ne rencontre personne. C'est seulement l'activité quotidienne des montagnes qui se réalise comme présence. Il ne reste aucune trace de ceux qui sont entrés dans les montagnes.

Le visage et le regard des montagnes sont tout différents, lorsqu'on les voit au loin depuis le monde, ou lorsqu'on les rencontre en leur sein. Ni notre conception ni notre perception du non-écoulement [des montagnes] ne sauraient être identiques à la perception du dragon et du poisson. Le fait que les hommes et les dieux trouvent la demeure dans leurs propres milieux est mis en doute par les autres espèces, ou bien il ne mérite même pas le doute de celles-ci. Il faut donc étudier, auprès de l'Éveillé et des patriarches, le mot *écoulement des montagnes*. Ne vous laissez pas gagner par la stupeur ou le doute. Une trituration est écoulement, une autre, non-écoulement ; un tour est écoulement, un autre, non-écoulement. Sans cette méditation à fond, ce ne serait pas la Roue de la vraie Loi de l'Ainsi-venu (<s>*tathâgata*).

---

conceptuelle et abstraite. Le jeu graphique de la sorte trouvera l'un des exemples les plus frappants dans la finale du texte.

Un ancien éveillé dit : « Si vous ne voulez pas vous attirer le karma de l'Enfer des souffrances sans intermittence, ne diffamez pas la Roue de la vraie Loi de l'Ainsi-venu. »

Il faut graver cette parole dans la peau, la chair, les os et la moelle ; il faut la graver dans le corps, le cœur, les rétributions directe et indirecte ; il faut la graver dans la Vacuité (<s>*çûnya*)* et dans les formes et les couleurs (<s>*rûpa*). Cette parole est gravée dans les arbres et les pierres ; elle est gravée dans les champs et les villages.

Quoique l'on dise généralement que les montagnes appartiennent au pays, elles appartiennent à ceux qui les aiment. Lorsque les montagnes aiment nécessairement leurs maîtres, les saints, les sages et les personnes de haut mérite entrent dans les *montagnes*. Lorsque les saints et les sages habitent les *montagnes*, puisque *celles-ci* leur appartiennent, les arbres et les pierres y foisonnent, et les oiseaux et les animaux y rayonnent de spiritualité. C'est qu'ils sont revêtus des mérites des saints et des sages. Sachez-le, c'est la vérité de leur amour de la sagesse et celle de leur amour de la sainteté que manifestent les montagnes.

Nombreux sont les empereurs qui ont coutume, maintenant comme jadis, de se rendre aux montagnes pour vénérer les sages et consulter les grands saints. Ils honorent alors ces derniers comme leurs maîtres, sans suivre le protocole mondain. Là où s'effectue la sanctification, il n'y a rien qui astreigne les sages des montagnes. Sachez-le, les montagnes sont séparées de la sphère humaine. Lorsque, dans l'Antiquité, l'empereur Kô [l'empereur Jaune, Huangdi][1] fit visite à Kôseishi [le maître

1. Empereur légendaire qui aurait vécu vers 2700 ans avant notre ère. La visite qu'il fit à Kôseishi (Guangcheng) au mont Kôdô (Kongtong) est relatée dans le *Sôshi* (*Zhuangzi*), livre IV.

taoïste Guangcheng] au mont Kôdô (Kongtong), il s'avança à genoux et s'enquit auprès de lui en se prosternant. L'Éveillé Shâkyamuni quitta jadis le palais du roi son père, et entra dans les montagnes. Cependant, le roi son père n'en voulait nullement aux *montagnes*, ni ne se méfiait de ceux qui y donnaient l'enseignement au prince héritier. Durant ses douze années consacrées à la recherche de la Voie, ce dernier demeura en général dans les montagnes. C'est aussi dans les montagnes que le Roi de la Loi [l'Éveillé-Shâkyamuni, <s>*dharma-râja*, [*hô.ô*]) réalisa la Voie. Vraiment, même le Roi de la Roue [le souverain universel, <s>*cakra-varti-râja*, [*rin.ô*]) ne saurait assujettir les montagnes. Sachez-le, les montagnes se trouvent hors de la sphère humaine, hors de la sphère des hauts cieux. Ne considérez pas les montagnes selon les mesures du penser humain. Si l'on ne se conformait pas à l'idée de l'écoulement telle qu'elle est conçue chez les hommes, qui mettrait en doute l'écoulement, le non-écoulement des montagnes, etc. ?

Par ailleurs, nombreux sont les sages et les saints qui habitent l'eau depuis le lointain passé. Lorsqu'ils habitent l'eau, il y en a qui pêchent du poisson, il y en a qui pêchent des hommes et il y en a qui pêchent la Voie. Tout cela constitue, depuis l'Antiquité, la manière de vivre [*fûryû*] au milieu de l'eau. Il doit encore y avoir ceux qui pêchent le Soi, ceux qui pêchent la pêche, ceux qui se font pêcher par la pêche et ceux qui se font pêcher par la Voie.

Jadis, le supérieur Tokujô (Decheng)[1] quitta tout d'un coup le mont Yaku (Yaoshan) pour habiter au cœur de l'eau, et il

1. Tokujô (Decheng), disciple de Yakusan (Yaoshan, 751-834). Ses dates de naissance et de mort restent inconnues. Vivant comme batelier sur la rivière Katei (Huading), il fut appelé Sensu (Chuanzi : l'Enfant de bateaux) Tokujô (Decheng).

obtint aussitôt la sagesse et la sainteté de la rivière Katei (Huading). N'aurait-il pas pêché du poisson, ou des hommes, ou de l'eau, ou le Soi ? Qui peut voir Tokujô est Tokujô lui-même. Tokujô qui accueille un homme, c'est l'homme qui rencontre un autre homme.

Ce n'est pas seulement que l'eau existe dans le monde ; mais c'est aussi dans le monde de l'eau qu'existe un monde. Et ce n'est pas seulement le milieu de l'eau qui est ainsi. Il existe aussi un monde des êtres vivants ([*ujô*] <s>*sattva*)* au milieu des nuages, il existe aussi un monde des vivants au milieu du vent, il existe aussi un monde des vivants au milieu du feu, il existe aussi un monde des vivants au milieu de la terre, il existe aussi un monde des vivants au milieu du plan de la Loi, il existe aussi un monde des vivants au milieu d'un brin d'herbe, il existe aussi un monde des vivants au milieu d'une canne de moine. Là où existe un monde des vivants existe toujours un monde de l'Éveillé et des patriarches. Méditez ce principe sans vous lasser.

Ainsi, l'eau est le palais du vrai dragon [l'éveillé] ; elle n'est ni écoulement ni chute. Si l'on considérait l'eau seulement comme écoulement, ce mot « écoulement » serait diffamatoire pour l'eau, puisque, dans ce cas-là, on s'astreindrait à dire que l'eau est, par exemple, non-écoulement[1]. L'eau n'est autre que l'Identité suprême (<s>*tathatâ*, [*nyoze jissô*]) de l'eau telle quelle. Elle n'est autre que les mérites de l'eau, et non pas écoulement. Avec la méditation à fond de l'écoulement et du non-écoulement d'une seule eau, la pénétration

1. Évocation du schème logique du tétralemme indien : (1) l'eau est l'écoulement, (2) l'eau est le non-écoulement, (3) l'eau est à la fois l'écoulement et le non-écoulement, (4) l'eau n'est ni l'écoulement ni le non-écoulement. L'Identité suprême de l'eau englobant la totalité de ces quatre propositions ne devrait jamais s'arrêter à un seul moment « logique ».

jusqu'au cœur des dix mille existants se réalise immédiatement comme présence.

Quant aux montagnes, il y en a aussi qui se cachent dans les trésors, il y en a qui se cachent dans les marécages[1], il y en a qui se cachent dans le ciel et il y en a qui se cachent dans les montagnes. L'étude consiste à savoir que ce sont les montagnes qui cachent les montagnes en se cachant.

Un ancien éveillé dit : « La montagne est la montagne, l'eau est l'eau. »

Cette expression ne veut pas dire que la *montagne* est la *montagne*, mais que la montagne est la *montagne*[2]. Il faut donc méditer la *montagne*. Si vous méditez la montagne à fond, c'est auprès de la montagne que vous poursuivrez vos études de la Voie. Les montagnes et les rivières de la sorte donnent d'elles-mêmes naissance aux sages et aux saints.

« Les montagnes et les rivières comme soutra » [« Sansui-kyô »],

le texte n° 29 de *La Vraie Loi, trésor de l'Œil* [*Shôbôgenzô*].

Exposé le 18 du dixième mois de la première année de l'ère Ninji (1240) au monastère Kôshô-ji.

1. Dans le *Sôshi* (*Zhuangzi*), livre VI figure l'énoncé suivant : « Cacher les bateaux dans les vallées et cacher les montagnes dans les marécages, voilà ce que l'on appelle la consolidation. »

2. Ces deux propositions tautologiques absolument identiques doivent être comprises à l'aide d'un jeu graphique. La première proposition A=A : la *montagne* est la *montagne* est d'abord niée – en tant que pur moment de médiation – pour être ensuite affirmée par la même proposition A=A : la montagne est la *montagne*, dans l'unité de ce qui est de l'ordre de la représentation (la montagne) et de ce qui est de l'ordre de l'abstraction (la *montagne*). Voir la note 1, p. 132.

Bodaisatta shishôbô

Les quatre attributs pratiques de l'être d'Éveil[1]

« Les quatre attributs pratiques de l'être d'Éveil » [« Bodaisatta shishôbô »] fut rédigé le 5 du cinquième mois de la quatrième année de l'ère Ninji (1243) – le lieu de la rédaction n'est pas précisé. Il est classé en partie supplémentaire du recueil dans les éditions modernes.

Rappelons que l'année 1243 se situe dans la période de rédaction la plus prolifique mais aussi la plus mouvementée de la vie de l'auteur. Le texte ne comporte cependant rien du contenu polémique ni de la prodigieuse complexité spéculative qui caractérisent les autres textes de cette époque. Dôgen se présente ici sous les traits d'un humble moine bouddhiste consacrant sa vie au salut des êtres conformément à la Voie de l'être d'Éveil (<s>*bodhisattva*).

L'ensemble du texte présente, dans un style sobre et limpide, les quatre attributs pratiques de l'être d'Éveil : (1) l'aumône [*fuse*], (2) la parole d'amour [*aigo*], (3) le service [*rigyô*] et (4) l'accord [*dôji*].

Par sa dimension profondément religieuse et par sa simplicité, « Les quatre attributs pratiques de l'être d'Éveil » [« Bodaisatta shishôbô »] révèle une autre facette du *Trésor*.

1. Il s'agit des quatre moyens – éthiques – par lesquels l'être d'Éveil (<s>*bodhisattva*) emmène les êtres (<s>*sattva*) vers la Voie de l'Éveillé.

Premièrement, l'aumône. Deuxièmement, la parole d'amour. Troisièmement, le service[1]. Quatrièmement, l'accord[2].

Ce qui est appelé l'aumône veut dire l'absence de cupidité. L'absence de cupidité veut dire ne pas être avide. Ne pas être avide veut dire ne pas flatter le monde[3]. Même le souverain universel des quatre Continents[4] n'a toujours pour moyen que l'absence de cupidité pour convertir les êtres à la vraie Voie. C'est comme si l'on donnait à un inconnu ses trésors à jeter. [L'aumône consiste à] offrir à l'Ainsi-venu des fleurs cueillies dans une lointaine montagne, ou bien à donner aux êtres les trésors de nos vies antérieures. S'agissant aussi bien des choses que de l'enseignement de la Loi, chaque côté est doté du mérite correspondant à l'aumône. Il existe le principe selon lequel nous pouvons toujours donner en aumône les

1. Le terme sino-japonais *rigyô* (<s>*artha-caryâ*), que nous avons ici traduit par le mot « service », signifie littéralement « la pratique [*gyô*] au bénéfice [*ri*] d'autrui ».

2. Le terme sino-japonais *dôji* (<s>*samâna-arthatâ*), que nous avons ici traduit par « l'accord », veut littéralement dire « la même [*dô*] affaire [*ji*] » au sens de collaboration, de coopération.

3. Chez Dôgen, l'essentiel de l'aumône consiste à se dépouiller plutôt qu'à donner.

4. Il s'agit des Continents dressés aux points cardinaux (l'Est, le Sud, l'Ouest et le Nord) dans les océans qui entourent le mont Sumeru, montagne axiale de la cosmologie indienne.

choses qui ne nous appartiennent pas. Ne méprisez pas l'insignifiance de la chose donnée en aumône ; que son bienfait soit réel.

Lorsqu'on abandonne la Voie à la Voie, on obtient la Voie. Lorsqu'on obtient la Voie, la Voie avance toujours en s'abandonnant à elle-même. Lorsque les biens sont abandonnés aux trésors, ils se transforment toujours en aumône. On se donne le soi-même, et on donne à l'autre l'autre. Cette puissance des liens causaux produits par l'aumône pénètre au loin jusqu'au monde des divinités et au monde des hommes, et jusqu'aux sages et aux saints qui ont réalisé l'Éveil. C'est parce que, déjà transformée en celui qui donne et en celui qui reçoit, l'aumône crée des liens.

L'Éveillé dit : « Lorsque vient à l'Assemblée l'homme qui fait l'aumône, c'est celui-là que la foule regarde d'abord avec respect. »

Sachez-le, le cœur communique avec le cœur en secret. Ainsi, donnez en aumône même un seul mot ou un seul vers de la Loi ; il se transformera alors en une semence du Bien pour cette vie et l'autre vie à venir. Donnez en aumône vos biens, ne serait-ce qu'un denier ou qu'une herbe ; ils feront alors germer une racine du Bien pour ce monde et l'autre monde à venir. La Loi doit être aussi les biens ; les biens doivent être aussi la Loi. Tout cela doit dépendre de nos désirs.

En vérité, [l'empereur Taishû][1] pacifia le cœur des êtres en donnant [aux vassaux malades] de sa barbe [grillée comme remède]. [Le roi Açoka][2] obtint le trône en ayant offert à

1. Taishû (Taizong, 597-649), le second empereur de la dynastie des T'ang, considéré comme modèle des souverains éclairés. Sous son règne (626-649), le pays fut unifié et connut un grand essor culturel.

2. L'anecdote est relatée dans le *Soutra du roi Açoka* (t. 50, n° 2 043, [*Aikuô kyô*]), livre I, « L'apparition des relations circonstancielles » [« Shô in.nen bon »]. Sur la propagation du bouddhisme sous Açoka, cf. *I. C.*, § 405-409, § 2 221.

l'Éveillé du sable [comme nourriture]. Sans convoiter aucune récompense, on partage seulement sa propre force avec les autres. Mettre des bateaux et construire un pont [sur un fleuve] constituent aussi l'accomplissement de l'aumône (<s>*dâna-pâramitâ*, [*danharamitsu*])*. Lorsqu'on apprend bien l'aumône, celle-ci consiste aussi bien à recevoir le corps qu'à l'abandonner. Il n'y a naturellement rien qui ne soit aumône dans toutes les activités productrices et industrielles de ce monde. Abandonner les fleurs au vent et abandonner les oiseaux au temps doivent aussi constituer une œuvre bénéfique de l'aumône. C'est avec la moitié d'une mangue que le grand roi Açoka parvint à faire l'offrande à plusieurs centaines de moines. Ce fut une immense offrande. Celui qui donne et celui qui reçoit l'aumône doivent étudier à fond le principe qui le prouve. Il ne s'agit pas seulement de se donner volontiers moyennant le corps et la force, mais aussi de ne pas laisser échapper l'occasion. En vérité, c'est parce que nous sommes originellement dotés du mérite de l'aumône que nous avons obtenu ce que nous sommes maintenant.

L'Éveillé dit : « Il faut même recevoir [l'aumône] dans votre propre corps. Pourquoi ne pourriez-vous pas faire l'aumône à votre père, à votre mère, à votre femme et à vos enfants ? »

Ainsi, sachez-le, que vous en bénéficiiez vous-même constitue aussi une part de l'aumône[1], que vous fassiez l'aumône à votre père, à votre mère, à votre femme et à vos enfants doit aussi constituer l'aumône. Si vous parvenez à abandonner une seule poussière pour faire l'aumône, bien que cet acte vous appartienne, réjouissez-vous calmement. Car

1. Puisque l'essentiel de l'aumône consiste précisément à dépasser la distinction du moi et de l'autre, il n'y a pas de scrupule à avoir lorsque moi-même et les miens bénéficions de l'aumône.

vous avez déjà accompli la transmission juste d'un des mérites des éveillés et que vous avez pratiqué pour la première fois un des enseignements des êtres d'Éveil.

Le cœur des êtres est difficile à transformer. On désire le transformer à partir du moment où on commence à y parvenir moyennant un bien germé, jusqu'au moment où les êtres obtiennent la Voie. Que le commencement soit toujours par l'aumône. C'est pourquoi l'accomplissement de l'aumône (<s>*dâna-pâramitâ*, [*dan haramitsu*]) figure au commencement des six Accomplissements (<s>*pâramitâ*, [*haramitsu*]). Ne mesurez pas la grandeur ou la petitesse du cœur. Ne mesurez pas non plus la grandeur ou la petitesse de la chose. Et pourtant, il existe le moment où le cœur transforme la chose, et il existe l'aumône grâce à laquelle la chose transforme le cœur[1].

La parole d'amour veut dire, en regardant les êtres, éprouver d'abord de la compassion à leur égard et leur adresser une parole d'attention bienveillante. Il n'y aura jamais de parole violente ni malveillante. Dans le monde profane, il est poli de prendre des nouvelles les uns les autres. Dans la Voie de l'Éveillé, il est bienséant de demander à l'autre de se ménager et de prendre soin de sa santé. La parole d'amour consiste à utiliser le langage avec cette pensée au cœur : *l'Éveillé regarde les êtres comme si le parent couvait son petit enfant.*

Respectez ceux qui ont des mérites, et ayez pitié de ceux qui sont sans mérite. À partir du moment où vous aimez la parole d'amour, celle-ci se met à croître. Ainsi, même la

1. Notons la structure réflexive des deux propositions : le cœur transforme la chose [*shin ten butsu*] et la chose transforme le cœur [*butsu ten shin*].

parole d'amour qui vous restait longtemps inconnue et invisible se présente devant vos yeux. Tant que votre vie et votre corps présents subsisteront, pratiquez volontiers la parole d'amour. Ne reculez pas durant toutes vos vies à venir.

On prend pour principe fondamental la parole d'amour afin de faire rendre les armes aux pires ennemis et d'apporter la réconciliation entre les princes. La parole d'amour entendue face à face rend nos visages joyeux et donne le plaisir à nos cœurs. La parole d'amour entendue par l'intermédiaire de quelqu'un, nous nous la gravons dans l'âme et l'esprit. Sachez-le, la parole d'amour sort du cœur aimant, et le cœur aimant a pour semence le cœur compatissant. Il faut apprendre que la parole d'amour a la force de pouvoir tourner le ciel. Il ne s'agit pas seulement d'admirer le talent de l'autre.

Le service veut dire diffuser le Bien avec habileté [*zengyô*][1] auprès des êtres sans distinction de rang. Par exemple, en prévoyant le proche ou le lointain avenir, on apporte des expédients salvifiques (<s>*upâya*, [*hôben*]) au profit de nos prochains. Ayez pitié pour la tortue renversée et nourrissez le moineau malade. En regardant la tortue renversée et le moineau malade, faites le nécessaire avec l'unique désir de faire du bien à votre prochain sans attendre aucune récompense.

Les imbéciles imaginent que, si l'on donne la priorité au bien de votre prochain, cela doit être préjudiciable à notre propre bien. Ce n'est pas ainsi. Il n'y a qu'une seule loi dans le service. Ce dernier apporte le Bien à tous sans distinction

1. Le terme sino-japonais *zengyô* (diffuser le Bien avec habileté) va de pair avec le terme *hôben* (les expédients salvifiques, <s>*upâya*). Comme l'Éveillé-Shâkyamuni change la méthode et le degré de son enseignement selon la capacité d'entendement de chaque homme, le Bien doit être diffusé « avec habileté pédagogique » auprès des êtres, puisque ces derniers diffèrent dans leur besoin et au niveau de leurs facultés.

entre moi et l'autre. Un homme d'un lointain passé[1] se coiffa trois fois en prenant un bain, et rendit trois fois la nourriture en prenant un repas [afin de pouvoir accueillir ses hôtes sur-le-champ]. Ce fut par l'unique désir de servir les autres. Il ne refusa pas d'enseigner des peuples venus de pays étrangers.

S'il en est ainsi, faites du bien aussi bien à vos ennemis qu'à vos amis. Faites du bien aussi bien à vous-même qu'aux autres. Si vous parvenez à cette pensée, vous laisserez justement agir le principe selon lequel, naturellement, sans recul ni altération, vous ferez aussi du bien aux herbes, aux arbres, au vent et à l'eau. On sert par l'unique désir de se libérer de la discrimation des objets.

L'accord veut dire ne pas être dissemblable. Il s'agit de n'être dissemblable ni à soi-même ni à l'autre. C'est comme si l'Ainsi-venu apparu dans ce monde des hommes se rendait semblable à l'homme. Puisqu'il était en accord avec le monde des hommes, il a su le faire, et cela doit être semblable dans les mondes de différentes espèces. Quand on connaît l'accord, le moi et l'autre ne font qu'un.

La harpe, la poésie et le vin se font amis des hommes[2], ils se font amis avec les cieux et les divinités. Les hommes se font amis avec la harpe, la poésie et le vin. Il y a la raison pour laquelle la harpe, la poésie et le vin se font amis avec eux-mêmes, les hommes avec les hommes, les cieux avec les cieux et les divinités avec les divinités. C'est l'apprentissage de l'accord. Par exemple, le fait d'être d'accord se traduit par la

1. Il s'agit de Shûkô (Zhou gong), saint taoïste et fondateur de la dynastie des Tcheou. L'anecdote est relatée dans les *Chroniques* [*Shiki* (*Shiji*)] compilées par Shibasen (Sima Qian 145-86 avant J.-C.) vers 91 avant notre ère, 130 tomes.

2. Évocation de la vie du poète Hakukyoi (Bai Juyi) sous la dynastie des T'ang qui avait pour amis la harpe, la poésie et le vin.

manière, par la dignité et par l'attitude. Il doit exister le principe selon lequel on se rend semblable à l'autre après avoir rendu l'autre semblable à soi. Le moi et l'autre s'interpénètrent sans limites selon les moments.

Dans le *Kanshi* (Yuanzi)[1], il est écrit : « La mer ne refuse pas l'eau, c'est pourquoi elle parvient à réaliser sa grandeur. La montagne ne refuse pas la terre, c'est pourquoi elle parvient à réaliser sa hauteur. Le prince éclairé ne repousse pas les hommes, c'est pourquoi il parvient à réaliser son peuple. »

Sachez-le, que la mer ne refuse pas l'eau est un accord. Sachez-le également, l'eau est aussi dotée du mérite de ne pas refuser la mer. C'est pourquoi, en se rassemblant, l'eau fait la mer, et en s'accumulant, la terre fait la montagne. Nous avons su en nos cœurs que c'est parce que la mer ne refuse pas la mer qu'elle se fait mer et réalise sa grandeur. C'est parce que la montagne ne refuse pas la montagne qu'elle se fait montagne et réalise sa hauteur. C'est parce que le prince éclairé ne repousse pas les hommes qu'il réalise son peuple. Le peuple veut dire nation. Le prince éclairé doit vouloir dire empereur. L'empereur ne repousse pas les hommes. Bien qu'il ne repousse pas les hommes, cela ne veut pas dire qu'il n'existe pas de récompenses et de punitions. Bien qu'il existe les récompenses et les punitions, l'empereur ne repousse pas les hommes.

Dans le passé où le peuple était docile, il n'existait dans la nation ni récompenses ni punitions. Car les récompenses et les punitions d'alors n'étaient pas pareilles à celles de nos jours. Il doit aussi exister de nos jours des hommes qui cherchent la Voie sans attendre de récompense ; cela est au-dessus

1. Une somme des écrits (24 tomes) – probablement collectifs – portant sur les sciences politiques qui aurait été compilée vers le VIIe siècle avant l'ère chrétienne.

de la pensée du vulgaire. Puisque le prince éclairé est clairvoyant, il ne repousse pas les hommes. Les hommes constituent toujours une nation, et désirent le prince éclairé. Et pourtant, comme ils connaissent rarement la totalité de la raison pour laquelle le prince éclairé est le prince éclairé, ils ne se réjouissent que de ne pas être repoussés par le prince éclairé, tout en ignorant qu'eux-mêmes ne repoussent pas leur prince. Puisqu'il y a la raison de l'accord aussi bien chez le vulgaire non éclairé que chez les princes éclairés, l'accord est le désir de tous les êtres vivants (<s>*sattva*, [*satta*]). Abordez toute chose et tous les êtres avec un beau visage de clémence.

Puisque chacun de ces quatre attributs pratiques comporte ses quatre attributs pratiques, cela doit faire les seize attributs pratiques.

« Les quatre attributs pratiques de l'être d'Éveil » [« Bodaisatta shishôbô »],
La Vraie Loi, trésor de l'Œil [*Shôbôgenzô*].

Rédigé le 5 du cinquième mois de la quatrième année de l'ère Ninji (la première année de l'ère Kangen : 1243).

Le moine Dôgen qui transmit la Loi depuis la dynastie des Song.

Shôji

Naissances et morts

Naissances et morts [Shôji] est le plus court des textes du *Trésor*. Comme « Les quatre attributs pratiques de l'être d'Éveil » [« Bodaisatta shishôbô »], il est classé dans le supplément du recueil dans l'édition moderne.

Rédigé dans la langue japonaise de l'époque [*wabun*], le présent texte ne comporte aucune citation de sources anciennes en chinois classique [*Kanbun*]. L'authenticité du texte fut mise en doute à l'époque Edo parce que son unique manuscrit, tardivement retrouvé dans *L'Édition secrète du* Trésor [*Himitsu Shôbôgenzô*], ne comporte aucune signature, ni celle de l'auteur, ni celle du compilateur. La date et le lieu de la rédaction ne sont pas non plus mentionnés.

L'ensemble du texte, qui propose une vision non dualiste, affirme l'unité contradictoire de la vie (la naissance, [*shô*]) et de la mort [*ji*], du samsâra (le cycle sans fin de naissances et morts) et du Nirvâna. Contrairement à ce que peut croire le commun des mortels, la mort ne viendra pas dans un avenir X, après la vie présente. Selon l'enseignement de Dôgen, notre existence se réalise à chaque instant comme présence dans l'unité contradictoire de la vie (la naissance) et de la mort, de l'apparaître et du disparaître. Ce n'est d'ailleurs pas par hasard si, dans la langue sino-japonaise, le caractère *shô* désigne à la fois la vie et la naissance. La vie doit être toujours de l'ordre de la naissance en ce sens que le vivre consiste à renaître à chaque instant en mourant. Le samsâra et le Nirvâna ne sont ni identiques ni différents, et c'est la raison pour laquelle il ne faut pas que les naissances et les morts [*shôji*] deviennent un objet de haine (en tant que samsâra, cause de toutes souffrances <s>*duhkha*) ou de désir (en tant que Nirvâna).

Le paragraphe final révèle l'arcane de la Loi de l'Éveillé. Pour être délivré du cycle sans fin des naissances et des morts [*shôji*], il faut justement s'abandonner à la fluidité de leur mouvement dans l'oubli de soi, et refléter les êtres tels qu'ils sont dans le cœur transparent, purifié de toute résistance, de tout attachement et de tout sentiment. Sous l'extrême simplicité du style, ce texte atteste d'une profondeur spirituelle hors du commun.

« S'il y a l'Éveillé au milieu de naissances et morts, il n'y a ni naissances ni morts. »

Il est également dit : « S'il n'y a pas l'Éveillé au milieu des naissances et morts, l'on ne s'égare pas dans les naissances et morts. »

Ce sont des paroles de deux maîtres du Zen : Kassan (Jiashan)[1] et Jôzan (Dingshan)[2]. Ces derniers, ayant obtenu la Voie, n'ont pas dit ces paroles inutilement. Ceux qui désirent quitter les naissances et morts doivent justement en clarifier le sens.

Si l'homme recherche l'Éveillé en dehors de naissances et morts, c'est comme s'il se dirigeait vers le pays d'Etsu [le sud], les brancards tournés vers le nord : c'est comme s'il voulait voir le Grand Chariot, le visage tourné vers le sud[3], en accumulant alors d'autant plus de causalité [pour être enchaîné au cycle] de naissances et morts qu'il finirait par perdre le che-

1. Il s'agit de Engo Kokugen (Huanwu Keqin, 1063-1135), le successeur du cinquième patriarche Goso Hôen (Wuzu Fayan, mort en 1104). Entre 1111 et 1117, Engo compila le *Recueil de la Falaise verte* [Hekigan roku] (T. 48, n° 2 003), l'un des corpus fondamentaux de l'école Zen.

2. Codisciple d'Engo.

3. Une préposition analogue figure dans l'« Entretien sur la pratique de la Voie » [« Bendôwa »], rédigé en 1231 et classé dans la partie supplémentaire du *Trésor*.

min de la délivrance. Quand on connaît seulement que les naissances et morts ne sont autres que le Nirvâna et qu'elles ne sont ni à haïr en tant que naissances et morts, ni à désirer en tant que Nirvâna, c'est alors que l'on peut pour la première fois quitter en partie les naissances et morts.

C'est une erreur de croire que l'on passe de la naissance à la mort. La naissance est un niveau [de la Loi] pour un temps, et elle a déjà en elle-même l'avant et l'après. C'est pourquoi il est dit selon la Loi de l'Éveillé que la naissance n'est autre que la Non-naissance. La disparition aussi est un niveau [de la Loi] pour un temps, et elle a également en elle-même l'avant et l'après. C'est pourquoi il est dit que la disparition n'est autre que la Non-disparition[1]. Quand on dit la naissance, il n'y a rien d'autre que la naissance. Quand on dit la disparition, il n'y a rien d'autre que la disparition. Ainsi faut-il servir la naissance si elle vient, et la disparition si elle vient. Il ne faut ni les haïr ni les désirer.

Ces naissances et morts ne sont autres que la Vie de l'Éveillé. Si on les haïssait et si on essayait de les rejeter, on risquerait de perdre la Vie de l'Éveillé. Si on s'y attardait et s'y attachait, on perdrait également la Vie de l'Éveillé, et on conserverait que l'aspect de l'Éveillé[2]. Quand on n'aime ni ne hait les naissances et morts, on entre pour la première fois dans le *cœur* [*kokoro*][3] de l'Éveillé. Seulement, ne supputez pas avec

1. On retrouve également ces quatre versets dans « La réalisation du kôan comme présence » [« Genjô kôan »] (n° 1) – rédigé en 1233 –. Par ces traits stylistiques, nous supposons avec le Dr Masutani que le texte présent aurait été écrit par le jeune Dôgen dans les années 1230.

2. Un thème récurrent dans la pensée de Dôgen : L'Éveillé ne doit avoir en soi ni formes ni couleurs pour qu'il puisse se manifester, ici et maintenant, sous une multitude de formes différentes en pleine fluidité de mouvement.

3. Dans ces deux alinéas finaux, le substantif « cœur » [*kokoro*] revient huit fois : quatre fois en *hiragana* – dans ce cas, nous avons mis le mot français « cœur » en italique – et quatre fois en *kanji* (l'idéogramme chinois). Le « cœur » en *hiragana* semble désigner le tréfonds de notre être, tandis que le « cœur » en *kanji* désigne simplement le siège de la conscience et de cognition.

le cœur, ne vous exprimez pas avec des mots. Quand on s'abandonne dans l'oubli du corps et du cœur, qu'on se jette dans la maison de l'Éveillé et qu'on se laisse faire du côté de l'Éveillé en se laissant guider par l'Éveillé, on quitte les naissances et morts et on devient éveillé sans exercer la force, sans peiner le *cœur*. Qui devrait alors s'attarder au *cœur* ?

Pour devenir éveillé, il y a un chemin très aisé. Ne pas faire de mauvaises actions, ne pas s'attacher aux naissances et morts, être compatissant, respecter les grands et avoir de la compassion pour les petits, ne pas avoir le *cœur* qui rejette ni le cœur qui convoite, n'avoir ni souci ni tristesse dans le cœur, voilà ce que l'on appelle l'Éveillé. Ne le recherchez pas ailleurs.

Annexe 1

Glossaire

Accomplissements [*haramitsu*, <s>*pâramitâ*] : les extrêmes des vertus (<s>*pâramitâ*) qu'on traduit aussi par le terme sino-japonais : *passage* – à l'autre-rive – [*do*]. Voici les six accomplissements pratiqués par les *êtres d'Éveil* (<s>*bodhisattva*) au cours des âges de la vie à la fois pour eux-mêmes et pour le salut de tous les êtres : l'aumône (<s>*dâna*), la discipline (<s>*sîla*), la patience (<s>*ksânti*), l'énergie (<s>*vîrya*), la méditation (<s>*dhyâna*) et la sagesse (<s>*prajnâ*). Cf. *I. C.* § 2 311, 2 335.

Ainsi-venu [*nyorai*, <s>*tathâgata*] : l'une des dix épithètes de l'Éveillé. Le substantif *tathâ* veut dire *ainsi, tel quel*, et le suffixe *gata* est le participe passé du verbe *aller* ou du verbe *venir* : *âgata*. Le *tathâgata* désigne celui qui est venu (ou allé) ainsi qu'il le devait. Cf. *I. C.*, § 2 274.

Auditeurs du Petit Véhicule [*shômon*, <s>*çrâvaka*] : ceux qui ont entendu la Loi, et font la pratique en vue de leur salut personnel, le premier des trois véhicules. Cf. *I. C.*, § 2 307.

Cinq agrégats [*go.un*, <s>*skandha*] : éléments psycho-physiques qui constituent – provisoirement – ce qu'on appelle la « personne » : les formes-couleurs [*shiki*, <s>*rûpa*], la réception sensorielle [*ju*, <s>*vedanâ*], la représentation ou la perception [sô, <s>*samjnâ*], la construction psychique [*gyô*, <s>*samskâra*] et la conscience [*shiki*, <s>*vijnâna*]. Seul le premier élément concerne le corps, tandis que tous les atures se rapportent au cœur. Cf. *I. C.*, § 2 252-2 255, 2 288.

Cœur [shin, <s>*citta/manas/vijnâna/hrdaya*] : le terme sino-japonais *shin* est polysémique. Il recouvre tout à la fois les termes sanscrits *citta* (le cœur), *manas* (le mental), *vijnâna* (la conscience) et *hrdaya* (le cœur en tant qu'organe). Quand Dôgen emploie le terme sino-japonais *shin*, il semble attribuer à ce dernier toute sa richesse sémantique sans privilégier aucun des sens par rapport aux autres. Nous avons choisi de le traduire, sauf exception, par le *cœur*, mot français qui est lui-même polysémique.

Cycle des naissances et des morts [*ruten*, <s>*samsâra*] : la transmigration des êtres. Le *Grand Véhicule* (<s>*mahâyâna*) considère le *samsâra* – de l'ordre temporel – comme identique au *Nirvâna* – de l'ordre atemporel. Cf. *I. C.*, § 1 147, 2 285.

Enfer des souffrances sans intermittence [*mugen jigoku*, <s>*avîci*] : le dernier des huit enfers brûlants, considéré comme le plus profond des enfers dans lequel les êtres qui se sont rendus coupables des plus graves fautes subissent des tourments sans rémission. Cf. *I. C.*, § 2 260.

Entité [*hô*, <s>*dharma*] : l'une des significations du terme sanscrit *dharma*. Il désigne les choses en tant que *constructions psychiques* (<s>*samskâra*) : l'objet du sens mental (<s>*manas*).

Eon [*gô*, <s>*kalpa*] : conception du temps cyclique de la cosmologie indienne. Il s'agit de grandes années se renouvelant éternellement par grands cycles englobant des groupes de cycles plus petits. Cf. *I. C.*, § 2 265.

Être d'Éveil [*bosatsu*, <s>*bodhi-sattva*] : être salvateur qui, par compassion, a fait le vœu de faire passer tous les êtres à l'autre rive (Nirvâna) avant même qu'il y soit passé. Contrairement aux saints de la tradition du Petit Véhicule

(<s>*hînayâna*), satisfaits de leur salut personnel, l'être d'Éveil retarde indéfiniment son entrée dans le Nirvâna et reste volontairement dans le cycle des naissances et des morts afin de sauver tous les êtres. C'est *le troisième des véhicules*. Cf. *I. C.*, § 2 311, 2 333.

Êtres [shujô / *ujô*, <s>*sattva*] : ensemble des êtres vivants. Le terme sanscrit *sattva* se traduit par deux termes sino-japonais depuis Genjô (Hiouen Thsang, 602-664) : le *Shujô* – l'ancienne traduction – qui veut dire littéralement « la foule des êtres », et l'*Ujô* – la nouvelle traduction –, qui signifie les « êtres sensibles » ou « l'animé » ou les « êtres vivants ».

Éveil [*bodai*, <s>*bodhi*] : le bien suprême du bouddhisme Grand Véhicule (<s>*mahâyâna*) par opposition à celui du *Petit Véhicule* (<s>*hîna-yâna*) : le *Nirvâna*. Il s'agit de la compréhension parfaite et plénière de l'ordre de l'univers (<s>*dharma*), qui permet en elle-même de s'affranchir de cet ordre en accédant à un ordre incommensurable, celui de l'Éveillé (<s>*buddha-dharma*). Le terme sino-japonais *meigo* désigne un couple oppositionnel de l'Éveil et de l'égarement.

Éveil complet et parfait sans supérieur [*anokutara-sanmyaku-samboda.i*, <s>*anuttara-samyak-sambodhi*] : Éveil suprême sans au-delà des éveillés du Grand Véhicule (<s>*mahâyâna*). Il est loin de la portée des *Méritants* [*Arakan*, <s>*arhant* : le degré suprême des auditeurs] et des éveillés-pour-soi (<s>*pratyeka-buddha*).

Éveillé-pour-soi [*Engaku*, <s>*pratyeka-buddha*] : autre traduction de l'*éveillé par les relations d'occasion*, l'*éveillé solitaire* [*engaku*]. Il s'agit des êtres qui ont réalisé l'Éveil par eux-mêmes en contemplant le spectacle de ce monde phénoménal. Comme les auditeurs, ils ne prêchent pas la Loi au profit des autres. La dimension altruiste qui leur fait défaut du point de vue de la tradition du Grand Véhicule (<s>*mahâyâna*), est le second des trois véhicules.

Expédients salvifiques [*hôben*, <s>*upâya*] : ensemble des stratagèmes, nécessairement provisoires, qu'élaborent les éveillés et les *êtres d'Éveil* (<s>*bodhisattva*) afin d'arracher les *êtres* (<s>*sattva*) à l'ignorance en s'adaptant à leurs facultés d'entendement.

Formes-couleurs [*shiki*, <s>*rûpa*] : le terme sanscrit *rûpa* est à la fois dérivé du verbe *rûp* (former) et du verbe *rû* (détruire) : ce qui est formé et sujet à altération ou à destruction. Le terme sino-japonais *shiki* veut dire littéralement « couleurs » et désigne par extension toute manifestation phénoménale de ce monde. Il forme un couple oppositionnel avec le terme *kû* (la Vacuité, <s>*çûnya*).

Grand Véhicule [*daijô*, <s>*mahâyâna*] : forme tardive du bouddhisme, répandue surtout en Extrême-Orient. La doctrine du Grand Véhicule se caractérise par la dimension altruiste des *êtres d'Éveil* [*bosatsu*, <s>*bodhisattva*]. Cf. *I. C.*, § 2 324-2 325.

Identité suprême [*shin.nyo*, *nyonyo*, *nyoze jissô*, <s>*tathatâ*] : Vision de l'Éveillé telle qu'elle est prônée par le bouddhisme du Grand Véhicule (<s>*mahâyâna*) : l'Ainsité. L'Identité suprême dans sa simplicité totale de A=A est loin d'être statique. C'est une Identité dynamique dans laquelle tous les êtres, tout temps et tout espace s'interpénètrent pleinement.

Karma [*gô*, <s>*karman*] : il s'agit des actes du corps (<s>*kâya*), de la parole (<s>vâcâ) et de l'esprit (<s>*manas*). Ces actes répondent à des *idéations* (<s>*cetanâ*) qui laissent des traces dans le groupe de phénomènes psychiques constituant le fonds d'un être. Les traces de ce genre constituent des *constructions psychiques* (<s>*samskâra*) qui ne se dissolvent pas à la mort du corps. Le *karman* accumule ainsi des facteurs de renaissances dans l'existence humaine. Cf. *I. C.*, § 2 285-2 286.

Loi [hô, <s>*dharma*] : ce terme central des doctrines bouddhiques est polysémique. Il est traduit par « Loi, existant, entité, méthode, enseignement », selon le contexte. « La “Loi” bouddhique (*dhamma*, <s>*dharma*) est l’ordre des choses, leur norme, nature ou condition. C’est aussi la doctrine, en tant que rendant compte de cet ordre des choses, l’expression de leur loi. Les choses elles-mêmes sont des *dhamma*, en tant que fixées selon cette loi (*dharma* dérive de *dhr*, “fixer” avec suffixe concrétisant). » (*I. C.* § 2 249).

Méta-espace [*kokû*, <s>*âkâça*] : le terme sino-japonais *kokû* est composé de deux caractères analogues : *ko* et *kû*, lesquels désignent tous deux (le) rien, (le) vide. Bien distingué du terme simple *kû* (la Vacuité, <s>*çûnya*), le *kokû* indique, par son effet de redoublement, la surnégation du *rien* ou du *vide*. Il s’agit d’un espace essentiellement spéculatif : espace de la Réflexion de soi en soi-même. Cf. *I. C.*, § 2 257.

Nature de la Loi [*hosshô*, <s>*dharmatâ*] : ce par quoi tous les existants ainsi que l’ordre de l’univers se réalisent en tant que tels. Synonyme de l’Identité suprême (<s>*tathatâ*), du Plan de la Loi (<s>*dharma-dhâtu*).

Nature de l’Éveillé [*busshô*, <s>*buddhatâ/tathâgata-dhâtu/tathâgata-garbha*] : la possibilité de devenir éveillé, l’essence de l’Éveillé. Selon la doctrine du Grand Véhicule (<s>*mahâyâna*), tous les êtres (<s>*sattva*) sont munis de la nature de l’Éveillé, quoique non déployée.

Nirvâna [*nehan*] : le terme sanscrit traduit en français par *Extinction*. Il désigne la délivrance du cycle des naissances et des morts (<s>*samsâra*), comparée au feu qui s’éteint faute de combustible. Cet état de quiétude suprême est le but ultime de la tradition du Petit Véhicule (<s>*hînayâna*). Cf. *I. C.*, § 2 294-2 296, 2 324.

Niveau de la Loi [*hô.i*, <s>*dharma-niyâmatâ*] : le niveau ou l'état auquel la chose doit se trouver nécessairement selon la Loi (<s>*dharma*), tant sur le plan spatial que temporel.

Pensée de l'Éveil [*hosshin*, <s>*bodhi-citta*] : vœu à partir duquel les pratiquants s'engagent dans le long cheminement des *êtres d'Éveil* (<s>*bodhisattva*).

Petit Véhicule [*shôjô*, <s>*hînayâna*] : terme péjoratif inventé par les adeptes du Grand Véhicule (<s>*mahâyâna*). Il désigne la doctrine des auditeurs (<s>*çrâvaka*) et des éveillés-pour-soi (<s>*pratyeka-buddha*), qui visent au Nirvâna pour leur salut personnel.

Plan de la Loi [*hokkai*, <s>*dharma-dhâtu*] : le Cosmos tout entier en tant que manifestation de la *nature de la Loi* [*hosshô*, <s>*dharmatâ*]. Le *Plan de la Loi* peut aussi désigner la sphère des objets mentaux (les entités [*shohô*, <s>*dharmas*]).

Pur corps de la Loi de l'Éveillé en lui-même (le corps de la Loi) [*busshin hosshin*, <s>*dharma-kâya*] : le corps originel de l'Éveillé sans formes ni couleurs. Ce pur corps de la Loi de l'Éveillé en lui-même ne connaîtra jamais la corruption ni la dégradation. Il est le principe absolu de l'univers, synonyme du *Plan de la Loi* [*hokkai*, <s>*dharma-dhâtu*]. Cf. *I. C.*, § 2 327-2 328.

Quatre éléments [*shidai*, <s>*mahâ-bhûta*] : la terre comme facteur de solidité (<s>*prthivi-dhâtu*), l'eau comme facteur d'humidité (<s>*ab-dhâtu*), le feu comme facteur de chaleur et de maturation (<s>*tejo-dhâtu*) et le vent comme facteur de croissance (<s>*vâyu-dhâtu*). Cf. *I. C.*, § 2 250.

Relations circonstancielles [*in.nen*, <s>*nidâna*] : autre traduction de *la causalité indirecte*, laquelle joue un rôle essentiel dans la sotériologie bouddhique. C'est en effet grâce à ces *relations circonstancielles*, autrement dit à la voie de médiation, que l'homme arrive à sortir de la *loi de causalité*

– directe – [*inga*, <s>*hetu-phala*], loi juste et rationnelle, mais qui est en soi sans issue : le bien ne peut naître que du bien, et le mal, du mal. Contrairement à la loi de la causalité directe, mouvement logique et linéaire de cause à effet, le « moment » de la causalité indirecte est atemporel et illocalisable. C'est le moment de la contingence par excellence. Par exemple, lorsque la pluie tombe, l'effet causé par cette pluie peut-être bénéfique ou dommageable selon l'environnement et les circonstances du moment. De même, au niveau de la relation humaine, la causalité indirecte nous ouvre un vaste espace pour agir de façons différentes devant une seule cause. Alors que la causalité directe ne nous pousse qu'à répondre, par exemple, au mal par le mal, à la violence par la violence (c'est la logique de *Œil pour œil et dent pour dent*), les relations circonstancielles peuvent nous solliciter la compassion et la non-violence. Le *nidâna* est le moment de liberté pour l'agir humain. Cf. *I. C.*, § 2 282-2 284.

Rotation de la Roue de la Loi [*tenbôrin*, <s>*dharma-cakra-pravartana*] : le terme sanscrit *dharma-cakra-pravartana* signifie littéralement « tourner la Roue de la Loi ». Il désigne l'enseignement et, plus largement, l'ensemble des actions salvatrices de l'Éveillé qui conduisent les êtres vers l'Éveil. Mais dans un sens plus large encore, qu'on retrouvera surtout dans la tradition de l'école Zen, il désigne également les paroles, les *kôans* et les sermons des patriarches de l'Éveillé. On appelle *Première Rotation de la Roue de la Loi* [*sho tenbôrin]* l'enseignement que l'Éveillé-Shâkyamuni (l'Éveillé historique) prodigua pour la première fois à cinq moines dans le parc des Daims [*rokuyaon*, <s>*murgadâva*].

Sumeru [*shumisen*] : une montagne axiale du monde entourée de neuf chaînes annulaires de montagnes, séparées par autant d'océans. Dans cet océan, à chaque point cardinal (l'est, le sud, l'ouest et le nord), se trouve un grand continent. Cf. *I. C.*, § 2 259.

Trois véhicules [*sanjô*, <s>*tri-yâna*] et **Unique Véhicule** [*ichijô*, <s>*eka-yâna*] : les trois véhicules désignent les auditeurs du Petit Véhicule [*shômon*, <s>*çrâvaka*] (cf. *I. C.* § 2 307), les éveillés-pour-soi [*engaku*, <s>*pratyeka-buddha*] – qu'on appelle aussi les éveillés par les relations d'occasion (<s>yuanjue) ou les éveillés solitaires (<s>*dujue*) – et les êtres d'Éveil [*bosatsu*, <s>*bodhisattva*]. Le *Soutra du Lotus* [*Hokekyô*] (t. 9, n° 262) souligne que par-delà les trois véhicules existe l'Unique Véhicule en tant que dépassement et intégration des trois véhicules.

Vacuité [*kû*, <s>*çûnya*] : le terme sanscrit *çûnya* désigne à l'origine le zéro en mathématiques indiennes. Dans le *Soutra de l'essence de la Sagesse* [*Han.nya shingyô*] (t. 8, n° 251), l'être d'Éveil Avalokitesvara observe, par la pratique de l'accomplissement de la sapience (<s>*prajnâ-pâramitâ*), que les éléments composant les dix mille existants sont la Vacuité et que, comme Vacuité, ils n'apparaissent ni ne disparaissent, ils n'augmentent ni ne diminuent. C'est l'un des concepts fondamentaux du Grand Véhicule (<s>*mahâyâna*).

Annexe 2

Repères chronologiques

(Le présent tableau a pour but de situer la rédaction de *La Vraie Loi, trésor de l'Œil* [*Shôbôgenzô*] dans la vie de Dôgen. Bien entendu, les textes non datés n'y figurent pas.

1200 (le 1er mois) Naissance de Dôgen à Kyôto. Son père, Koga Michichika, est un tiers ministre [nai.daigin] ; sa mère, Ishi, est fille du régent [kanpaku] Matsudono Motofusa.

1201 Shinran devient le disciple de Hônen.

1202 (le 21 du 10e mois) Mort du père de Dôgen, Koga Michichika.
Dôgen est adopté par son oncle paternel, Koga Michitomo.
Yôsai fonde le monastère Ken.nin-ji à Kyôto, l'école du Zen Rinzai (Linji).

1207 Mort de sa mère, Ishi. Ses dernières paroles inspirent au tout jeune Dôgen le désir de consacrer sa vie à la Voie de l'Éveillé.

1212 (printemps) Dans la nuit, Dôgen s'enfuit de la demeure de son père adoptif à Kohata, et se rend auprès de son oncle maternel Ryôkan Hôgen. Il demande à ce dernier une recommandation pour entrer au monastère Enryaku-ji au mont Hi.ei, siège principal de l'école japonaise Tendai (Tiantai). Sur les conseils de Ryôkan Hôgen, Dôgen entre au pavillon monastique Senkôbô de Yokawa, dans la région de Han.nyadai.

1213 (le 9 du 4e mois) Dôgen reçoit la tonsure par le supérieur du monastère Enryaku-ji, Kôen.

(le 10 du 4e mois) Dôgen reçoit le commandement de l'être d'Éveil [*bosatsu kai*] dans le pavillon d'ordination Kaidan.in.

1214 Dôgen se rend au monastère Ken.nin-ji de Kyôto, et entend pour la première fois l'enseignement du Zen (l'école Rinzai) auprès de Yôsai (fait controversé).

1215 (le 5 du 7e mois) Mort de Yôsai.

1217 (printemps) Pris de doute, Dôgen quitte le mont Hi.ei, et consulte Kô.in au temple Mi.idera. Ce dernier lui conseille de se rendre en Chine pour approfondir ses études de la Voie.

(le 25 du 8e mois) Dôgen commence à étudier auprès de Myôzen, successeur de Yôsai, dans le monastère Ken.nin-ji.

1221 Troubles de l'ère Jôkyû.

(le 12 au 9e mois) Myôzen confère l'ordination à Dôgen.

1222 Naissance de Nichiren.

1223 (le 22 du 2e mois) Dôgen quitte le monastère Ken.nin-ji à Kyôto avec Myôzen, Kakunen et Ryôshô, pour se rendre en Chine.
(fin du 3e mois) Départ de Hakata à l'île de Kyûshû.

(début du 4e mois) Arrivée de Dôgen à Minshû (Ningbo), dans la province de Keigenfu (Zhejiang), en Chine.

(le 4 du 5e mois) Rencontre avec le moine cuisinier du mont Aikuô (Ayuwang).

(le 7e mois) Séjour au monastère du mont Tendô (Tiantongshan). Rencontre avec Musai Ryôha (Wujiliao Pai).

1224 (hiver) Dôgen part en pérégrination dans divers monastères chinois.
Shinran rédige le *Kyô gyô shin shô* (*Traité de la doctrine, de la pratique et de la foi*), et fonde la Vraie école de la Terre pure [*Jôdô shinshû*].

1225 (le 1er du 5e mois) Dôgen rencontre le maître Nyôjô (Rujing), le nouveau supérieur du mont Tendô.

(le 27 du 5e mois) Mort de Myôzen.
Dôgen réalise l'Éveil auprès de Nyojô au cours de la retraite d'été.

(le 18 du 9e mois) Nyojô transmet à Dôgen « le commandement de l'être d'Éveil transmis avec justesse par les patriarches de l'Éveillé ».

1226 Dôgen rédige le *Hôkyô ki*.

1227 Dôgen reçoit de Nyojô les *Actes généalogiques* [*Shisho*], et quitte le mont Tendô.

(le 8e mois) Retour au Japon.

(le 5 du 10e mois) Dôgen rédige le *Shari sôdenki*, puis le *Fukan zazengi*, ainsi que le *Fukan zazengi senjutsu yurai*.

1228 (le 17 du 7e mois) Mort du maître Nyojô.

1229 Dôgen séjourne dans le monastère Ken.nin-ji à Kyôto.

1230 Sous la pression des moines du mont Hi.ei, Dôgen quitte le Ken.nin-ji et s'installe au temple Anyô.in, à Fukakusa, dans la banlieue sud de Kyôto.

1231 (le 15 du 8e mois) Dôgen rédige le ***Bendôwa***.

1233 Dôgen fonde le monastère Kan.nondôri kôshôhôrin-ji (Kôshô-ji) à Fukakusa.
Réalisation du ***Makahan.nya haramitsu*** et du ***Genjô kôan***.

1234 (le 9 du 3e mois) Rédaction du *Gakudô yôjinshû*.
Ejô devient le disciple de Dôgen. Début de la rédaction du *Shôbôgenzô zuimonki* par Ejô.

1235 Rédaction de la préface du *Shôbôgenzô sanbyakusoku* (*Shôbôgenzô* en chinois).

1236 (le 15 du 10e mois) Inauguration de la maison des moines au Kôshô-ji.

(le 30 du 12e mois) Dôgen nomme Ejô recteur [*shuza*] du Kôshô-ji.

1237 (printemps) Rédaction du *Tenzo kyôkun*.

1238 Ejô achève la rédaction du *Shôbôgenzô zuimonki*.
Réalisation d'***Ikkamyôju***.

1239 (le 25 du 4e mois) Dôgen rédige le *Kan.nondôri kôshô-gokokuji jû.undôshikibun*.
Réalisation de : ***Sokushin zebutsu***, ***Senjô***, ***Sen.men***.

1240 Réalisation de : ***Raihai tokuzui***, ***Keisei sanshoku***, ***Shoaku makusa***, ***Uji***, ***Den.e***, ***Kesa kudoku***, ***Sansui kyô***.

1241 (printemps) Plusieurs ex-disciples du maître Kakuan : Ekan, Gikai, Gi.un, Gi.en, Gi.un, etc. se font disciples de Dôgen au Kôshô-ji.
Réalisation de : ***Busso***, ***Shisho***, ***Hokke ten hokke***, ***Shin fukatoku***, ***Kokyô***, ***Kankin***, ***Busshô***, ***Gyôbutsu igi***, ***Bukkyô*** (n° 34), ***Jinzû***.

1242 Réalisation de : ***Daigo***, ***Zazenshin***, ***Inmo***, ***Butsu kôjôji***, ***Gyôji***, ***Kai.inzanmai***, ***Juki***, ***Kan.non***, ***Arakan***, ***Hakujushi***, ***Kômyô***.

(le 5 du 8e mois) Dôgen reçoit le *Nyojô zenji goroku* (*Recueil des paroles du maître Nyojô*) provenant de Chine.
Réalisation de : ***Shinjin gakudô***, ***Muchû setsumu***, ***Dôtoku***, ***Gabyô***, ***Zenki***.

1243 Réalisation de : ***Tsuki***, ***Kûge***, ***Kobutsushin***, ***Bodaisatta shishôbô***, ***Kattô***.

(après le 16 du 7e mois) Pour des raisons encore inconnues, Dôgen abandonne soudainement le monastère Kôshô-ji à Kyôto pour s'installer définitivement dans la province d'Echizen (fin du 7e mois). Arrivée au temple Yoshimine dera, Shibishô d'Echizen.
Réalisation de : ***Sangai yuishin***, ***Butsudô***, ***Mitsugo***, ***Shohô jissô***, ***Bukkyô*** (n° 47), ***Mujôseppô***, ***Menju***, ***Hosshô***, ***Baika***, ***Jippô***, ***Kenbutsu***, ***Henzan***, ***Zazengi***, ***Ganzei***, ***Kajô***, ***Ryûgin***, ***Sesshin sesshô***, ***Darani***.

1244 Réalisation de : ***Soshi sairai.i***, ***Udonge***, ***Hotsu mujôshin***, ***Hotsu bodaishin***, ***Nyorai zenshin***, ***Zanmai.ô zanmai***, ***Sanjûshichibon bodaibunpô***, ***Tenbôrin***, ***Jishô zanmai***, ***Daishugyô***.

(le 21 du 3e mois) Dôgen expose au temple Yoshimine dera le *Taitaiko gogejarihô*.

(le 18 du 7e mois) Inauguration du second temple principal, le temple du grand Éveillé [Daibutsu-ji].
Réalisation du ***Shunjû***.

1245 Réalisation de : ***Kokû***, ***Hatsu.u***, ***Ango***, ***Tashinzû***, ***Ôsaku sendaba***.

1246 (le 15 du 6e mois) Le temple du grand Éveillé [Daibutsu-ji] devient le temple de la Paix éternelle [Eihei-ji].

(le 15 du 6e mois) Dôgen expose le *Nihonkoku Echizen Eihei chijishingi* au monastère de la Paix éternelle.

(le 6 du 8e mois) Dôgen expose le *Eihei jikuinmon* au temple de la Paix éternelle.

(le 15 du 9e mois) Réalisation du ***Shukke***.

1247 (le 3 du 8e mois) Sur la demande du shôgun Hôjô Tokiyori, Dôgen se rend à Kamakura.
Dôgen transmet le commandement de l'être d'Éveil à Hôjô Tokiyori.

1248 (le 13 du 3e mois) Retour au temple de la Paix éternelle.

1249 (le 10 du 9e mois) Dôgen déclare qu'il ne quittera plus le monastère de la Paix éternelle aux montagnes de Bon Augure.

1252 (été) Début de la maladie de Dôgen.

1253 (le 6 du 1er mois) Réalisation du ***Hachi dainingaku***.

(le 8 du 7e mois) Aggravation de sa maladie.

(le 14 du 7e mois) Dôgen lègue le temple de la Paix éternelle à Ejô.

(le 5 du 8e mois) À la demande de son disciple laïc Hatano Yoshishige, Dôgen se rend à Kyôto pour se faire soigner.

(le 15 du 8e mois) Dôgen compose son poème d'adieu en japonais [Waka] : *« Même dans cet automne que j'ai tant désiré voir, la clarté de la lune de cette nuit-ci me prive du sommeil. »*
Dôgen séjourne dans la résidence particulière de son disciple laïc Kakunen. Il grave sur un pilier de celle-ci : « L'ermitage du Soutra de la sublime Loi du Lotus » [Myôhôrengekyô an].

(le 28 du 8e mois) À l'heure du tigre (vers 4 heures du matin), Dôgen s'éteint à l'âge de cinquante-trois ans. Incinération à Akatsuji, Higashiyama à Kyôto.

(le 6 du 9e mois) Ejô quitte la capitale avec les reliques de Dôgen pour regagner la province d'Echizen.

(le 10 du 9e mois) Arrivée des reliques de Dôgen au monastère de la Paix éternelle.

(le 12 du 9e mois) Obsèques.
Nichiren fonde son école Nichiren-shû.

Annexe 3

Liste des 92 textes de *La Vraie Loi, trésor de l'Œil* [*Shôbôgenzô*]

(Les chiffres entre parenthèses indiquent ici l'année de rédaction.)

Ancienne édition en 75 textes [Kyûsô]

1. Genjô kôan : La réalisation du kôan comme présence (1233)
2. Makahan.nya haramitsu : L'accomplissement de la grande Sagesse (1233)
3. Busshô : La nature de l'Éveillé (1241)
4. Shinjin gakudô : Études de la Voie au moyen du corps et du cœur (1242)
5. Sokushin zebutsu : Le cœur en tant que tel est l'Éveillé (1239)
6. Gyôbutsu igi : La manière digne des éveillés en pratique (1241)
7. Ikkamyôju : Une perle claire (1238)
8. Shin fukatoku : Le cœur n'est pas à saisir (1241)
9. Kobutsu shin : Le cœur des anciens éveillés (1243)
10. Daigo : Le grand Éveil (1242)

11. Zazengi : La manière de la méditation assise (1243)
12. Zazenshin : Maximes de la méditation assise (1242)
13. Kai.in zanmai : Samâdhi du sceau de l'océan (1242)
14. Kûge : Fleurs dans le ciel (1243)
15. Kômyô : Claire lumière (1242)
16. Gyôji : La pratique maintenue (1242)
17. Inmo : Le tel quel (1242)
18. Kan.non : L'être d'Éveil de la grande compassion (1242)
19. Kokyô : Le miroir ancien (1241)
20. Uji (Yûji) : Le Temps qui est là (1240)
21. Juki : Annonciation (1242)
22. Zenki : La Totalité dynamique (1242)
23. Tsuki : La lune ou la Réflexion (1243)
24. Gabyô (Wahin) : Une galette en tableau (1242)
25. Keisei sanshoku : La Voix des vallées, les formes-couleurs des montagnes (1240)
26. Butsu kôjôji : Aller au-delà de l'Éveillé (1242)
27. Muchû setsumu : Discourir du rêve au milieu du rêve (1242)
28. Raihai tokuzui : Obtenir la moelle en vénérant (1240)
29. Sansuikyô : Montagnes et rivières comme soutra (1240)
30. Kankin : Lectures des soutras (1241)
31. Shoaku makusa : Ne pas faire de mauvaises actions (1240)
32. Den.e : Transmission de la robe de l'Éveillé (1240)
33. Dôtoku (Dôte) : Parole accomplie (1242)
34. Bukkyô : L'enseignement de l'Éveillé (1241)
35. Jinzû : Pouvoirs miraculeux (1241)
36. Arakan : Méritant (1242)
37. Shunjû : Printemps et automne (1244)
38. Kattô : Entrelacement de lianes (1243)
39. Shisho : Actes généalogiques (1241)
40. Hakujushi : Un chêne (1242)

41. Sangai yuishin : Le triple monde n'est rien qu'Esprit (1243)
42. Sesshin sesshô : Discourir du cœur, discourir de la Nature (1243)
43. Shohô jissô : L'aspect réel des entités (1243)
44. Butsudô : La Voie de l'Éveillé (1243)
45. Mitsugo : La Parole secrète (1243)
46. Mujô seppô : Prédication de la Loi faite par l'inanimé (1243)
47. Bukkyô : Les écritures bouddhiques (1243)
48. Hosshô : La nature de la Loi (1243)
49. Darani : La Formule détentrice (1243)
50. Senmen : Toilette du visage (1239)
51. Menju : La transmission face à face (1243)
52. Busso : Les patriarches de l'Éveillé (1241)
53. Baika : Fleurs de pruniers (1243)
54. Senjô : Purification (1239)
55. Jippô : Les Dix Directions (1243)
56. Kenbutsu : Voir l'Éveillé (1243)
57. Henzan : Pérégrinations (1243)
58. Ganzei : La prunelle des yeux (1243)
59. Kajô : La vie quotidienne (1243)
60. Sanjûshichibon bodaibunpô : Les trente-sept préceptes auxiliaires de l'Éveil (1244)
61. Ryûgin : Le grondement du dragon (1243)
62. Soshi sairai.i : Pourquoi le patriarche Bodhidharma est-il venu de l'ouest ? (1244)
63. Hotsu mujôshin : Déploiement de la pensée de l'Éveil (1244)
64. Udonge : La fleur d'Udumbara (1244)
65. Nyorai zenshin : Totalité-corps de l'Ainsi-venu (1244)
66. Zanmai ô zanmai : Le roi du samâdhi en samâdhi (1244)

67. Tenbôrin : La Rotation de la Roue de la Loi (1244)
68. Daishugyô : La Grande Pratique (1244)
69. Jishô zanmai : Samâdhi de l'auto-attestation (1244)
70. Kokû : Le méta-espace (1245)
71. Hatsu.u (Ho.u) : Le bol à aumônes (1245)
72. Ango : Retraite spirituelle (1245)
73. Tashinzû : Le pouvoir de pénétrer le cœur de l'autre (1245)
74. Ôsaku sendaba : Le roi à la recherche du saindhava (1245)
75. Shukke : Quitter la maison pour se faire moine (1246)

Nouvelle édition en 12 textes [*Shinsô*]

1. Shukke kudoku : Le mérite de quitter la maison pour se faire moine (compilé par Ejô en 1255)
2. Jukai : Réception des commandements (date inconnue)
3. Kesa kudoku : Le mérite de la robe de l'Éveillé (1240)
4. Hotsu bodaishin : Déploiement de la pensée de l'Éveil (1244)
5. Kuyô shobutsu : Offrande aux éveillés (compilé par Ejô en 1255)
6. Ki.e buppôsôbô : Dévotion aux trois joyaux (compilé en 1255)
7. Jinshin inga : Profonde foi en la loi de causalité (compilé en 1255)
8. Sanjigô : Les trois temps de rétribution des actes (date inconnue)
9. Shime : Les quatre chevaux (compilé en 1255)

10. Shizen biku : Le moine ayant accompli les quatre méditations (compilé en 1255)
11. Ippakuhachi hômyômon : Les cent huit portes éclairées de la Loi (date inconnue)
12. Hachi dainingaku : Les huit préceptes de l'homme éveillé (1253)

Cinq textes supplémentaires

1. Bendôwa : Entretien sur la pratique de la Voie (1231)
2. Bodaisatta shishôbô : Les quatre attributs pratiques de l'être d'Éveil (1243)
3. Hokke ten hokke : La rotation du Soutra du Lotus dans le *Soutra du Lotus* (1241)
4. Shôji : Naissances et morts (date inconnue)
5. Yuibutsu yobutsu : Seul un éveillé avec un autre éveillé (compilé en 1288)

Annexe 4

Les principales œuvres de Dôgen

Shôbôgenzô
La Vraie Loi, trésor de l'Œil (1231-1253)

Fukan zazengi
Recommandation universelle de la méditation assise (1227)

Fukan zazengi senjutsu yurai
Raison de compiler la Recommandation universelle de la méditation assise (1227)

Dôgen oshô kôroku
Recueil intégral des sermons du maître Dôgen (1236-1252), 10 livres

Shôbôgenzô sanbyakusoku
Les Trois Cents Articles de La Vraie Loi, trésor de l'Œil (dont la préface datée de 1235), 3 livres

Gakudôyôjin shû
Recueil de l'application de l'esprit à l'étude de la Voie (1234)

Busso shôden bosatsukai sahô
Règle de l'ordination du commandement de l'être d'Éveil transmise avec justesse par les patriarches de l'Éveillé (1235)

Tenzo kyôkun
Instructions au cuisinier zen (1237)

Taitaiko Gogejarihô
Règle de la bienséance à l'égard des anciens (1244)

Bendôhô
Règle de la pratique de la Voie (1245)

Nihonkoku Echizen Eihei chijishingi
Les Préceptes pour ceux qui occupent les six principales fonctions dans le monastère de la Paix éternelle de la province d'Echizen au Japon (1246)

Fushuku hanpô
Règle des repas (1246)

Kitsujôsan Eihei-ji shuryô shingi
Les Préceptes pour la maison des moines du monastère de la Paix éternelle aux montagnes de Bon Augure (1249)

Hôkyô ki
Chronique de l'ère Hôkyô (1225-1227)

Shari sôdenki
Mémoire de la transmission de la relique de l'abbé Myôzen (1227)

Sanshô dôei (Dôgen zenji waka shû)
Recueil des poèmes en japonais du maître Dôgen (authenticité contestée)

* * *

Shôbôgenzô zuimonki
Notes sur La Vraie Loi, trésor de l'Œil (notes prises par Ejô entre 1234 et 1238), 6 tomes

Eihei shitsuchû kikigaki
Notes des instructions délivrées au monastère de la Paix éternelle (notes prises par Tettsû Gikai entre 1253-1254)

Table des matières

Introduction

Traduction annotée

Annexes

DU MÊME AUTEUR

Enseignement oral de maître Taisen Deshimaru
Vol. 2 *Shôbôgenzô* : « Genjô *kôan* »
Vol. 3 *Shôbôgenzô* : « Kesa kudoku »
Vol. 4 *Shôbôgenzô* : « Gakudôyôjin-shû »
Vol. 5 *Shôbôgenzô* : « Gyôji »
Association zen internationale
1985, 1986, 1986 et 1987

Le Trésor du Zen
Textes de maître Dôgen
Albin Michel, 1986 et 2003

La Vision immédiate
Nature, éveil et tradition selon le *Shôbôgenzô*
Le Mail, 1987

Instructions au cuisinier zen
Le Promeneur, 1994

Une galette en tableau
Maison franco-japonaise, 1995

Shôbôgenzô Uji
Encre marine, 1997

Corps et esprit d'après le *Shôbôgenzô*
Gallimard, 1998

Polir la lune et labourer les nuages
Œuvres philosophiques et poétiques
Albin Michel, coll. « Spiritualités vivantes », 1998

La Présence au monde
Le Promeneur, 1999

Shôbôgenzô
Yui butsu yo butsu, Shoji
Encre marine, 1999

Poèmes zen de maître Dôgen
Par Kanno Hachiro
Albin Michel, 2001

Enseignements du maître zen Dôgen
Shôbôgenzô zuimonki
Sully, 2001

Shôbôgenzô, Busshô
La nature donc Bouddha
Encre marine, 2002

Le *Shôbôgenzô* de maître Dôgen
La Vraie Loi, trésor de l'Œil
Sully, 2003

RÉALISATION : CURSIVES À PARIS
IMPRESSION : NORMANDIE ROTO S. A. S. À LONRAI
DÉPÔT LÉGAL : JANVIER 2004. N° 60150 (033052)

IMPRIMÉ EN FRANCE

Collection Points

SÉRIE SAGESSES

dirigée par Vincent Bardet et Jean-Louis Schlegel

DERNIERS TITRES PARUS

Sa51. La Voie du karaté, *par Kenji Tokitsu*
Sa52. Le Livre brûlé, *par Marc-Alain Ouaknin*
Sa53. Shiva, *traduction et commentaires d'Alain Porte*
Sa54. Retour au silence, *par Dainin Katagiri*
Sa55. La Voie du Bouddha, *par Kyabdjé Kalou Rinpoché*
Sa56. Vivre en héros pour l'éveil, *par Shantideva*
Sa57. Hymne de l'univers, *par Pierre Teilhard de Chardin*
Sa58. Le Milieu divin, *par Pierre Teilhard de Chardin*
Sa59. Les Héros mythiques et l'Homme de toujours
par Fernand Comte
Sa60. Les Entretiens de Houang-po
présentation et traduction de Patrick Carré
Sa61. Folle Sagesse, *par Chögyam Trungpa*
Sa62. Mythes égyptiens, *par George Hart*
Sa63. Mythes nordiques, *par R. I. Page*
Sa64. Nul n'est une île, *par Thomas Merton*
Sa65. Écrits mystiques des Béguines, *par Hadewijch d'Anvers*
Sa66. La Liberté naturelle de l'esprit, *par Longchenpa*
Sa67. La Sage aux champignons sacrés, *par Maria Sabina*
Sa68. La Mystique rhénane, *par Alain de Libera*
Sa69. Mythes de la Mésopotamie, *par Henrietta McCall*
Sa70. Proverbes de la sagesse juive, *par Victor Malka*
Sa71. Mythes grecs, *par Lucilla Burn*
Sa72. Écrits spirituels d'Abd el-Kader
présentés et traduits de l'arabe par Michel Chodkiewicz
Sa73. Les Fioretti de saint François
introduction et notes d'Alexandre Masseron
Sa74. Mandala, *par Chögyam Trungpa*
Sa75. La Cité de Dieu
1. Livres I à X, *par saint Augustin*
Sa76. La Cité de Dieu
2. Livres XI à XVII, *par saint Augustin*
Sa77. La Cité de Dieu
3. Livres XVIII à XXII, *par saint Augustin*
Sa78. Entretiens avec un ermite de la sainte Montagne
sur la prière du cœur, *par Hiérothée Vlachos*

Sa79. Mythes perses, *par Vesta Sarkhosh Curtis*
Sa80. Sur le vrai bouddhisme de la Terre Pure, *par Shinran*
Sa81. Le Tabernacle des Lumières, *par Ghazâlî*
Sa82. Le Miroir du cœur. Tantra du Dzogchen
traduit du tibétain et commenté par Philippe Cornu
Sa83. Yoga, *par Tara Michaël*
Sa84. La Pensée hindoue, *par Émile Gathier*
Sa85. Bardo. Au-delà de la folie, *par Chögyam Trungpa*
Sa86. Mythes aztèques et mayas, *par Karl Taube*
Sa87. Partition rouge, *par Florence Delay et Jacques Roubaud*
Sa88. Traité du Milieu, *par Nagarjuna*
Sa89. Construction d'un château, *par Robert Misrahi*
Sa90. Mythes romains, *par Jane F. Gardner*
Sa91. Le Cantique spirituel, *par saint Jean de la Croix*
Sa92. La Vive Flamme d'amour, *par saint Jean de la Croix*
Sa93. Philosopher par le Feu, *par Françoise Bonardel*
Sa94. Le Nouvel Homme, *par Thomas Merton*
Sa95. Vivre en bonne entente avec Dieu, *par Baal-Shem-Tov*
paroles recueillies par Martin Buber
Sa96. Être plus, *par Pierre Teilhard de Chardin*
Sa97. Hymnes de la religion d'Aton
traduits de l'égyptien et présentés par Pierre Grandet
Sa98. Mythes celtiques, *par Miranda Jane Green*
Sa99. Le Soûtra de l'estrade du Sixième Patriarche Houei-neng
par Fa-hai
Sa100. Vie écrite par elle-même, *par Thérèse d'Avila*
Sa101. Seul à seul avec Dieu, *par Janusz Korczak*
Sa102. L'Abeille turquoise, *par Tsangyang Gyatso*
chants d'amour présentés et traduits par Zéno Bianu
Sa103. La Perfection de sagesse
traduit du tibétain par Georges Driessens
sous la direction de Yonten Gyatso
Sa104. Le Sentier de rectitude, *par Moïse Hayyim Luzzatto*
Sa105. Tantra. La voie de l'ultime, *par Chögyam Trungpa*
Sa106. Les Symboles chrétiens primitifs, *par Jean Daniélou*
Sa107. Le Trésor du cœur des êtres éveillés, *par Dilgo Khyentsé*
Sa108. La Flamme de l'attention, *par Krishnamurti*
Sa109. Proverbes chinois, *par Roger Darrobers*
Sa110. Les Récits hassidiques, tome 1, *par Martin Buber*
Sa111. Les Traités, *par Maître Eckhart*
Sa112. Krishnamurti, *par Zéno Bianu*
Sa113. Les Récits hassidiques, tome 2, *par Martin Buber*
Sa114. Ibn Arabî et le Voyage sans retour, *par Claude Addas*
Sa115. Abraham ou l'Invention de la foi, *par Guy Lafon*
Sa116. Padmasambhava, *par Philippe Cornu*
Sa117. Socrate, *par Micheline Sauvage*
Sa118. Jeu d'illusion, *par Chögyam Trungpa*

Sa119. La Pratique de l'éveil de Tipola à Trungpa
par Fabrice Midal
Sa120. Cent Éléphants sur un brin d'herbe, *par le Dalaï-Lama*
Sa121. Tantra de l'union secrète, *par Yonten Gyatso*
Sa122. Le Chant du Messie, *par Michel Bouttier*
Sa123. Sermons et Oraisons funèbres, *par Bossuet*
Sa124. Qu'est-ce que le hassidisme ?, *par Haïm Nisenbaum*
Sa125. Dernier Journal, *par Krishnamurti*
Sa126. L'Art de vivre. Méditation Vipassana
enseignée par S. N. Goenka, *par William Hart*
Sa127. Le Château de l'âme, *par Thérèse d'Avila*
Sa128. Sur le Bonheur / Sur l'Amour
par Pierre Teilhard de Chardin
Sa129. L'Entraînement de l'esprit
et l'Apprentissage de la bienveillance
par Chögyam Trungpa
Sa130. Petite Histoire du Tchan, *par Nguên Huu Khoa*
Sa131. Le Livre de la piété filiale, *par Confucius*
Sa132. Le Coran, *traduit par Jean Grosjean*
Sa133. L'Ennuagement du cœur, *par Rûzbehân*
Sa134. Les Plus Belles Légendes juives, *par Victor Malka*
Sa135. La Fin'amor, *par Jean-Claude Marol*
Sa136. L'Expérience de l'éveil, *par Nan Huai-Chin*
Sa137. La Légende dorée, *par Jacques de Voragine*
Sa138. Paroles d'un soufi, *par Kharaqânî*
Sa139. Jérémie, *par André Neher*
Sa140. Comment je crois, *par Pierre Teilhard de Chardin*
Sa141. Han-Fei-tse ou le Tao du prince, *par Han Fei*
Sa142. Connaître, soigner, aimer, *par Hippocrate*
Sa143. La parole est un monde, *par Anne Stamm*
Sa144. El Dorado, *par Zéno Bianu et Luis Mizón*
Sa145. Les Alchimistes
par Michel Caron et Serge Hutin
Sa146. Le Livre de la Cour Jaune, *par Patrick Carré*
Sa147. Du bonheur de vivre et de mourir en paix
par Sa Sainteté le Dalaï-Lama
Sa148. Science et Christ, *par Pierre Teilhard de Chardin*
Sa149. L'Enseignement de Sri Aurobindo
par Madhav P. Pandit
Sa150. Le Traité de Bodhidharma
anonyme, traduit et commenté par Bernard Faure
Sa151. Les Prodiges de l'esprit naturel,
par Tenzin Wangyal
Sa152. Mythes et Dieux tibétains, *par Fabrice Midal*
Sa153. Maître Eckhart et la mystique rhénane
par Jeanne Ancelet-Hustache

Sa154. Le Yoga de la sagesse
par Sa Sainteté le Dalaï Lama
Sa155. Conseils au roi, *par Nagarjuna*
Sa156. Gandhi et la non-violence, *par Suzanne Lassier*
Sa157. Chants mystiques du tantrisme cachemirien, *par Lalla*
Sa158. Saint François d'Assise et l'esprit franciscain
par Ivan Gobry
Sa159. La Vie, *par Milarepa*
Sa160. L'Avenir de l'Homme
par Pierre Teilhard de Chardin
Sa161. La Méditation en Orient et en Occident
par Hans Waldenfels
Sa162. Les Entretiens du Bouddha, *par Mohan Wijayaratna*
Sa163. Saint Benoît et la vie monastique, *par Claude Jean-Nesmy*
Sa164. L'Esprit du Tibet, *par Dilgo Khyentsé*
Matthieu Ricard
Sa165. Dieu et Moi, *par Aldous Huxley*
Sa166. Les Dernières Paroles de Krishna, *anonyme*
Sa167. Yi-King, par Thomas Cleary, *Lieou Yi-Ming*
Sa168. St Grégoire Palamas et la Mystique orthodoxe
par Jean Meyendorff
Sa169. Paraboles celtiques, *par Robert Van de Weyer*
Sa170. Le Livre des dialogues, *par Catherine de Sienne*
Sa171. Cendres sur le Bouddha, *par Seung Sahn*
Sa172. Conseils spirituels aux bouddhistes et aux chrétiens
par Sa Sainteté le Dalaï-Lama
Sa173. Charles de Foucault et la Fraternité
par Denise et Robert Barrat
Sa174. Préceptes de vie issus de la sagesse amérindienne
par Jean-Paul Bourre
Sa175. Préceptes de vie issus du guerrier de lumière
par Jean-Paul Bourre
Sa176. L'Énergie humaine, *par Pierre Teilhard de Chardin*
Sa177. Dhammapada, *traduit par Le Dong*
Sa178. Le Livre de la chance, *par Nagarjuna*
Sa179. Saint Augustin et l'Augustinisme
par Henri-Irénée Marrou
Sa180. Odes mystiques, *par Mawlâna Djalâl Od-Dîn Rûmi*
Sa181. Préceptes de vie issus de la sagesse juive
par Pierre Itshak Lurçat (éd.)
Sa182. Préceptes de vie issus du Dalaï Lama
par Bernard Baudouin
Sa 183. Dharma et Créativité, *par Chögyam Trungpa*
Sa 184. Les Sermons I, *par Maître Eckhart*
Sa 187. Confucius et l'Humanisme chinois, *par Pierre Do-Dinh*
Sa 188. Machik Ladbdron, Femmes et Dakini du Tibet
par Jérôme Edou
Sa 189. La Vraie Loi, trésor de l'œil, *par Maître Dogen*